NDRÉ IBELS *(Conserver la couverture)*

les

cités

futures

Préface de PAUL ADAM

PREMIÈRE ÉDITION

PARIS

Bibliothèque de l'Association

17, rue Guénégaud, 17

Les Cités futures

IL A ÉTÉ TIRÉ DE CET OUVRAGE :

10 exemplaires sur japon impérial, numérotés et signés par l'auteur.

Chaque exemplaire : 12 francs

IL A ÉTÉ TIRÉ DE LA COUVERTURE :

30 exemplaires avant la lettre, sanguine, sépia et noir, signés :

Sur papier fort : 1 franc 50
Sur japon : 2 francs

ERRATA

LIRE :

page 44 — 23ᵉ vers,
Ils portent des poitrails de cygnes.

page 57 — 18ᵉ vers,
Cueillir les frais lilas en grappes accrochés.

page 78 — 6ᵉ vers,
J'ai pensé :

> *Qu'il était doux le chant des fuseaux!*

page 78 — 9ᵉ vers,
Les matelots sont morts !

> *Et seul je suis resté.*

page 84 — 10ᵉ vers,
Que les yeux sans éclat ne la verraient sans crainte.

DU MÊME AUTEUR

Les Chansons colorées, (Bibliothèque artistique et littéraire).

Les Demi-Cabots (œuvres de H. G. Ibels), en collaboration avec Maurice Lefèvre, G. Montorgueil et G. d'Esparbès, (Charpentier et Fasquelle).

EN PRÉPARATION

La Gloire de Judas, (drame philosophique et antichrétien en 4 journées, d'après de nouvelles donnèes).

Apologie de Néron, (Antithèse de l'Apologie de Socrate, de Platon).

L'Homme seul, (roman).

Contes nééronistes.

Les esclaves, (roman social).

VERS

Les Cités vivantes, (Suite aux Cités Futures).

L'Épître amoureuse.

ANDRÉ IBELS

es cités futures

Poëme précédé du

LIVRE PROPHÉTIQUE

—

PARIS
BIBLIOTHÈQUE DE L'ASSOCIATION
17, Rue Guénégaud, 17
—
MDCCCXCV

Race d'Abel, dors, bois et mange ;
Dieu te sourit complaisamment.

Race de Caïn, dans la fange,
Rampe et meurs misérablement.
. . . .

Ah ! race d'Abel, ta charogne
Engraissera le sol fumant.

Race de Caïn, ta besogne
N'est pas faite suffisamment
. . . .

Race de Caïn, au ciel monte,
Et sur la terre, jette Dieu !
Les Fleurs du Mal.— CHARLES BAUDELAIRE.

A LA RACE DE CAIN
ÉLEVÉE AU CHEMIN DE RÉVOLTE,
JE DÉDIE
L'HISTOIRE DE SES LUTTES ÉPIQUES,
MES APOLOGIES
ET MES TÉNÉBREUSES PROPHÉTIES.
PUISSE CETTE ŒUVRE RÉVEILLER
LES CŒURS ENLISÉS
DANS LES SABLES DE LA CRAINTE
ET DE L'HUMILITÉ.

A. I.

TABLE DES MATIÈRES

LE LIVRE PROPHETIQUE

I. — Les Rois que les ruses et les pièges auront dépouillés de la Vie bienheureuse, évoqueront, à travers les siècles ressuscités, leurs aïeux : les générations héroïques tombées dans la renaissante révolte, qui appelleront par les chemins du Monde, les Affranchis épars et faiblissants. Et leurs voix seront pleines de reproches — et encore — elles conjureront les Libres-Enfants de détruire les villes des Faux-Mages et de s'exiler vers les chanaans lointains où s'édifieront les Cités Futures. . . .   9

II. — Et ces Voix les délivreront de la Ténèbre pesante des Lettres et des Dogmes. Et sera en eux la soif de vie qui était dans ces Rois . . . . , . . . , . .   13

III. — Aussi — Les Rois, dans les villes qu'ils traverseront, crieront la bonne Parole. — Et les jeunes hommes dont le cœur sera encore fier, accourreront   15

IV. — Et guéris du Mal amer du Doute, ils connaîtront la triomphante certitude. . . .   17

V. — Et les Rois brûleront les villes illustres dont les ombres vaniteuses leur déroberont le Soleil.   18

Il dira aussi aux Rois : « Vous êtes l'Exemple, l'Amour, la Lumière, l'Espoir de nos races, et la pierre angulaire des Cités Futures. »

Après, il criera, avec un geste destructeur, — car dans cette foule il y aura des Méchants et des Fourbes : — « O vous qui êtes disséminés dans l'ombre de nos pas, vous êtes le Scandale, la Haine, la Ténèbre, l'Envie et la Trahison, et vous serez anéantis afin que vous n'engendriez pas, mais d'ici là, si vous avez des fils contaminés, ils seront traités moins rigoureusement que vous. Car, tant que la vie est au jeune cœur, on peut espérer. 52

XXV. — Au rivage des Mers la vague chantera, et les Rois silencieux écouteront : Elle dira l'éternelle Impersonnalité, acclamant les Conquérants qui la frappent, et huant les Martyrs que des cages de fer portent aux Iles lointaines. Elle dira l'éternité de sa vaine supplication, et les Rois penseront : « L'abîme reste l'abîme, rien ne le comblera que les éclairs ! » 54

XXVI. — Et sur le soir, pendant que la tempête grandira encore, un des Rois grandira sa voix avec elle, et bientôt dominera l'ouragan, et le cri de l'homme sera sur le cri de rage de la mer comme un tonnerre sur le vain tumulte des foules . « O mer, le souffle du vent qui passe, te soulève comme un cœur de feu traîne après lui les multitudes. Mais j'apporte la flamme haute de l'Esprit que les Vents n'atteindront, ni l'humilité des cœurs !. » . 56

XXVII. — Puis, les Rois reprendront leur marche, en longeant les grèves, et dans les Villes qu'ils traverseront, comme ils verront souvent dans les arènes, des tigres que la foule réservera pour les jeux publics et les supplices,

de vaisseaux pour gagner l'Ile heureuse. Mais par une tempête la confusion régnera, et devant l'inhabileté des matelots qui chanteront déjà la triomphale victoire, le Poète-Roi regagnera sagement les rives de la Cité d'orgueil.

DEUXIÈME PARTIE

XL. — Puis, dans l'ombre, il verra d'antiques marbres que les chênes vieux abritent de leur orgueil, et, comme il regardera ces

yeux, blancs des pures légendes, il lui semblera
que les lèvres mortes des statues voudront
parler. Alors, pour entendre les voix qui ressusciteront en son honneur, il s'étendra au
pied d'un socle que couronnera Apollo, et
s'endormira ayant un peu de mort en lui, et
Pan chantera ses regrets ainsi que la nymphe,
ainsi que le gazon sur lequel il sommeillera.
A son réveil la forêt murmurera plaintivement
ses charmes, comme un sanglot hâtif d'un
cœur vide à l'automne   96

TROISIÈME PARTIE

I. — Le Poète-Roi, chassé des Parcs massacrés, rencontrera sur le chemin une femme,
belle sous le fard, qui l'engagera à reprendre
le chemin des villes. Et elle le tentera car
elle sera la *Vieille Humanité*, l'éternelle Calypso.

II. — Mais le Poète-Roi dédaignera cette
Prostituée, car il réservera son cœur à d'autres destinées.

III. — Et l'Enfant farouche s'éprendra peu
après d'une Vierge qu'il baptisera *Eucharis*,
car elle sera l'éternelle Grâce et la vivante
Beauté.

Et leur Race sera forte, car les races de
Rois n'engendreront que des races de Rois,
les races d'amour n'engendreront que des
races d'amour, — de même que les esclaves
n'engendreront jamais que des races d'esclaves.

ANDRÉ IDELS

PRÉFACE

Que de jeunes voix, par la sonorité des vers
crient à la face du siècle, leur peine d'avoir à douter
toujours ; qu'elles accusent la science maladroite des
ancêtres et leur sagesse dérisoire ; qu'elles nous
dénoncent le marécage ou titube depuis le IVme siècle l'intelligence celtique parée de traditions latines
et de disciplines arabes acquises au hasard des con-
tacts et des invasions ; que ces voix nous avertissent
de la colère animant les générations déçues de ne
point trouver, après le mensonge de tant de politi-
ques, la Paix sociale assise au seuil de leur avenir ;
qu'elles proclament leur vœu des *Cités futures*, meil-

leures pour les hommes ; que ces voix affirment
l'énergie du corps et des actes pour détruire et
reconstruire comme le *Solness* d'Ibsen, sans redou-
ter les périls de l'Œuvre — cela doit-être entendu.
Du courage sonne dans les cœurs nouveaux.

Certainement, les esprits écartés par l'éducation,
la coutume, le préjugé des idées générales, compren-
dront malaisément sans s'indigner, telles dédicaces
inscrites au fronton des strophes, en ce Livre d'André
Ibels. Elles évoquent des heures sanglantes.

Les hommes qui marquèrent ces stades dans
l'époque commirent l'erreur de croire que le Sacrifice
d'autres vies et de la leur, inviterait le Peuple à conquérir violemment sa félicité. L'appel se déroula en
échos vains. Pour avoir expié, n'ont-ils pas droit à
une réhabilitation, contre le jugement du nombre?

Au lendemain du jour ou l'un de ces naïfs
frappa le président Carnot, nous nous trouvions,
anciens élèves, réunis chez un professeur dont nous
demeurâmes les amis. La conversation vécut sur
ce sujet de tragédie classique. Notre vieux maître
allant jusqu'aux rayons où s'alignaient des manuels
de classe, un peu maculés d'encre, un peu fatigués
par les pouces des écoliers, en tira un livre jaune
dos rouge : *l'Histoire des Grecs,* abrégée à l'usage
des lycées et collèges, par M. Victor Duruy.

Malicieusement, le professeur ouvrit le volume
vers la page ou le Ministre de l'Empire exalte le meur-
tre du tyran Hipparque, fils de Pisistrate, que dans
Athènes, Harmodius aidé d'Arisgiston tua avec un

glaive caché sous une palme de triomphe, comme le poignard de Caserio fut dissimulé dans un paquet de fleurs.

Notre hôte lut les strophes citées du poête, qui plus tard louanga les révoltés, lorsque bien du temps après leur supplice, leur statue resplendit au soleil de l'Agora.

J'ignore si quelque ministre enseignera légalement aux écoliers des siècles futurs, les vers d'André Ibels, dédiés aux imitateurs d'Harmodius et d'Aristogiton. Cela ne semble pas impossible. Pour le jugement des historiens à naître, l'homme qui couvrit de son honnêteté complice, les abominations financières de la IIIme république, l'homme dont le pouvoir ménagea l'impunité aux salariés d'Arton, de Reinach et de Cornélius Herz, offrira peut-être un prestige pareil à celui d'Hipparque, dont le souvenir n'émut pas M. Duruy.

Ce vieux professeur ne pensait pas sottement. Au recul des siècles, la notion du juste et de l'injuste se modifie; et l'on s'étonnera moins, dans mille années, que Caserio, ayant lu à l'école l'éloge d'Harmodius, ait imité celui que nos précis d'histoires grecques traitent en libérateur.

Voila pourquoi, il convient de lire les *Cités futures,* en réfléchissant.

PAUL ADAM.

ERRATA

LIRE :

(du même auteur) *Contes Neronistes* — page 4
dans le Livre prophétique :

XIX — Et un Poête-Roi pleurera en songeant etc. . . . .   p. 41

XXVI « ... Mais j'apporte la flamme haute de l'esprit
conscient, etc . . . .   p. 56

XI — Puis dans l'ombre, il verra d'antiques marbres
que les chênes dieux abritent de leur orgueil etc.   p. 96
page 117 - 22ᵉ vers :

Pour liens, mes deux bras enchaineront tes bras. . . . .   p. 117
pages 114 - 122 :

Au vert mouvant des mers,
page 124 - 15ᵉ vers :

Puissè-je pour toujours fixer l'or qui se lève,
page 21 - 20ᵉ vers :

Le chœur léger des sources vives l'accompagne,
page 107 - 10ᵒ vers :

S'alignaient dans l'allée à l'ombre des dieux arbres,
page 78 - 5ᵉ vers :

Qui menaçaient le tour du navire mourant,

Toutes les éditions de la *Bibliothèque de l'Association*
sont indépendantes de l'*Association,* et toutes responsabilités en
sont séparées.

VERS D'AIRAIN
POUR
PAUL ADAM

O Toi vers qui je tends mes amicales palmes,
Et le luth indompté d'une race qui sombre,
Écoute : j'ai jeté la Clef d'or dans l'eau calme,
Et j'ai suivi tes pas allégés de leurs ombres.

La Nef qui portera nos Races vers la grève,
— Où seuls, aborderont les Porteurs de lauriers, —
Parée ainsi qu'un glaive auguste de guerrier,
Passera sous l'Étoile, amoureuse d'un rêve.

Et tu couronneras l'avant rose des proues,
D'une Vierge vêtue avec les seules fleurs
Cueillies au pied des Croix où périrent des Cœurs.

Et je te baguerai de l'anneau merveilleux
Des claires Volontés qui gouvernent les roues,
Afin qu'heureusement tu conduises les dieux
Aux Terres de Beautés promises à leurs yeux.

Et nous jetterons l'ancre, ô Pilote sacré,
Malgré la mer hostile et les Tempêtes fortes,
Aux Chanaans, jaillis des rivages dorés,

Où nous saurons bâtir une Cité sans porte.

PROCLAMATION
A
ANDRÉ IBELS

P uisqu'indifférent aux défaites
    Tu marches, le front haut — dardant
Ton œil sur les Cités parfaites
Qui surgiront à l'occident.

Puisque tu crois aux Cités hautes
Sortant de terre et renversant
Notre antique Cité des Fautes
Sous leur jaillissement puissant.

Puisque tu te ris des batailles,
Fier esthète au cœur d'exalté
Sachant qu'à de frêles semailles
On voit la Montagne éclater!

Puisqu'en tes yeux profonds et calmes
Habite une mâle douceur,
Je tends vers toi la fraîche palme
Et la fraîche rose, sa sœur !

Et je te dis : « L'Œuvre est commune,
O frère, et si nous sommes nés
Tous deux sous la Mauvaise Lune...
— Les clairons d'aurore ont sonné ! »

*
* *

Car, debout sur notre vieux Monde,
Nous sommes demeurés bien peu
Qui portions en nos mains profondes
Tout l'antique Ciel pris à Dieu.

Qui, sur les foules descendantes,
Levions, — pour les faire monter, —
Comme un flambeau de fleurs ardentes
Notre superbe volonté !

Voilà pourquoi, je veux, ô frère,
Que nos fronts, semeurs d'orients,
Oppriment d'intense lumière
L'œil des blasphémateurs riants !

Sachons que l'impassible Amphore
Ne s'émeut que pour rayonner,
Mais aussi, qu'en les mers, l'Aurore
Descend — pour les illuminer !

Si l'on nous méconnaît, qu'importe ?
Nos yeux rendront — pieux flambeaux —
Les hommes doux, les femmes fortes,
Les enfants mortellement beaux.

Que, palpitants, sous nos étreintes,
Les cœurs des vierges au beau front
Nous dictent les cadences saintes
Par qui nous civiliserons !

Emmanuel Signoret

LA RÉVOLTE

Et ces Paroles qui menacent,
Ces paroles dont l'éclair luit,
Seront comme des mains qui passent,
Tenant des glaives dans la nuit.

Victor Hugo

Ils allaient réveillant les ames assoupies,
Ils montraient de la main l'horizon souhaité,
Et sous le manteau d'or des saintes utopies
Le monde a son déclin couvrait sa nudité.

Ils ont bu la cigue et vidé les calices,
Sur le gibet infame on a cloué leurs chairs;
Mais ils se souriaient au milieu des supplices,
Et sont morts l'œil fixé sur un calme univers !

Louis Bouilhet

A PAUL ADAM

(A. I.)

LE LIVRE PROPHÉTIQUE.

I. — Les *Rois* que les ruses et les pièges avaient
dépouillés de la Vie bienheureuse, évoquant, à
travers les siècles ressuscités, leurs aïeux ; les
générations héroïques tombées dans la renaissante
révolte, appelaient par les Chemins du Monde, les
Affranchis épars et faiblissants. Et leurs voix étaient
pleines de reproches,— et encore— , elles conjuraient
les Libres-Enfants de détruire les Villes des Faux-
Mages et de s'exiler vers les Chanaans lointains où
s'édifieraient les *Cités Futures.*

I

LES ROIS

Casqués de la crinière arrachée aux lions,
    Vêtus de peaux de loups, ainsi qu'aux premiers âges,
Les Rois pleuraient, tombés dans la dérision,
Les Sceptres des Pouvoirs donnés aux mains des Mages.

Les Avenirs obscurs des races de demain
Défilaient, amoindris, dans le rêve héroïque ;
Et les Rois se voyaient dans les Futurs humains,
Vendant l'étoffe rare ou chantant des cantiques.

La nuit propice au songe étalait à leurs yeux
La bonne souvenance et l'horreur des quiétudes :
Et près des Océans trouant les vastes Cieux,
Les Rois se sentaient seuls parmi les solitudes !

Les évocations des défaites d'hier
Les retrouvaient — héros — au sein des ères calmes,
Et les Rois se dressaient sur les horizons, fiers,
Et se paraient de lys, de lauriers et de palmes.

Ils appelaient les Rois épars dans les cités,
Qui humaient les baisers endormeurs de tristesse ;
Et les Voix déferlaient vers les Captivités,
Vaguant les mots d'Appel sur des mers de Tendresse :

« Oh ! les Jadis bénis qu'ont reculés les temps !
» La mauvaise Parole est entrée en vos âmes ;
» Banni, le souvenir de nos œuvres d'antan,
» N'êtes-vous plus pour nous qu'une troupe de femmes ?

» Les Briseurs de colliers et les Tueurs de dieux
» Ne sont que des géants pour leur progéniture,
» Et vous n'avez que faire en leur respect pieux.
» Enfants de nos Vieux Loups, vous leur faites injure !

» Bâtissez des Carthage et des Rome et des Tyr :
» Ouvriers d'Harmonie au feston du haut temple,
» Tous les Rois écœurés vous regardent bâtir,
» Et l'Aïeul fabuleux, frémissant vous contemple.

» *La faux des moissonneurs est trop lourde à vos bras,*
» *Les cimiers d'or massif écraseraient vos têtes,*
» *Leurs cheveux étaient longs — vous avez le poil ras.*
» *Vous n'êtes que des chiens, errants parmi les fêtes.*

» *Vautrez-vous dans votre or au répugnant parfum,*
» *Courbez l'échine souple au geste de vos Mages,*
» *Nous — les Rois — nous vivons dans nos rêves défunts*
» *En buvant notre sang, en mâchant notre rage.*

» *Vos Mages sont venus des faux pays d'orgueil,*
» *Et leurs chars ont foulé nos plaines défendues !*
» *Ternissez le soleil d'oriflammes de deuil,*
» *Les Rois sauront venger leurs libertés perdues !*

» *Les Oublis ont passé sur les siècles d'hier :*
» *Nul ne s'est rappelé les longues tyrannies.*
» *La Paix reflue en vous tout son limon amer,*
» *Nos Races vont, roulant leur lentes agonies.*

» *Les sillons sont couverts des ossements sacrés,*
» *Mais le sang des Vieux Loups à la terre est utile ;*
» *Et sous les blés mûrs, où sourdent les grains dorés,*
» *Les Semeurs ont jeté les Colères fertiles.*

» *La Marche à la Conquête est le secret du temps,*
» *Nous voulons, malgré vous, vous mener à la Joie,*
» *Et nous foulons aux pieds l'étendard des tyrans,*
» *Hurlant des chants de gloire aux astres qui flamboient !*

*
* *

» *Quand les Mages passaient à travers les campagnes,*
» *Pillant et saccageant les moissons dans les champs,*
» *On voyait sur le soir, l'Aïeul dans la montagne,*
» *Crisper ses poings rageurs vers les soleils couchants.*

» *Et nous sommes les fils des Vieux Loups détestés.*
» *Si nous pleurons — hélas ! — les pouvoirs qu'ont vos Mages,*
» *C'est que nous avons soif des saintes libertés*
» *Que les Vieux Loups buvaient durant les premiers âges :*

» *Car vos FRÈRES — les ROIS — ce sont les RÉVOLTÉS !* »

II. — Et les Rois les délivrèrent de la Ténèbre
pesante des Lettres et des Dogmes. Et fut en eux la
soif de vie qui était dans les Rois.

II

Ils sont venus, remplis d'épouvante et de haine,
            Ceux des Pays lointains ;
Les ronces dans leurs mains, faisaient comme des chaînes
            Qu'auraient rivées de mauvais destins.

Une Parole obscure asservissait leur âme,
            Mais ils se sont repris !
Ils ont quitté les bras enguirlandeurs des femmes
            Et s'en sont venus avec des ris.

Ils ont jeté l'adieu vers les Cités mourantes,
            En des blasphèmes forts ;
Des soleils inconnus les guidaient dans les pentes,
            Mais plus d'un dut connaître la Mort ! . . .

. . . Les fourreaux aux fossés ne verront plus les lames,
            Le Glaive haut vise un soleil !
Et les yeux des porteurs ont des couleurs de drames ;
            Ils scellent les regards vermeils ;

Leurs yeux se sont saisis d'un Rêve ... et l'ont fait vivre !

*
* *

Lors, éternellement
Ils iront — Héros — pleins de l'Espoir qui rend ivre,
Jusqu'aux Cités des Enchantements.

III. — Aussi, — les Rois dans les Villes qu'ils
traversaient criaient la bonne Parole — et les jeunes
hommes dont le cœur était encore fier, accouraient.

III

Frère, avant de prendre le glaive
    Incitateur de vérités :
Illumine ton front de Rêves,
Et tes deux lèvres de clartés.

*
* *

Pars — sous les cieux, muant l'Azur
En ténèbre froide et profonde,
Et sur les ruines de l'Impur,
Aide-nous à bâtir un monde !

Marche sur le chemin, riant
Avec les lys, sources d'étoiles ;
Et scrute dans les Orients
La Cité que tu nous dévoiles.

Cuirasse ton Cœur de beautés,
Et ton Corps d'orgueil et d'insultes,
Et va conquérir les Cités
Dans la tourmente et le tumulte.

Que tes clairons aient le son clair
Et pacifique du Tonnerre,
Et tu verras dans les éclairs
Les Jérichos joncher la Terre.

Pour que ton Verbe soit d'airain,
Et que tu domptes, dans les foules
Proclame-toi Roi des demains
Qui surgiront — malgré les houles !

Et, si tu succombes — Héros —
Au cours des luttes héroïques :
Songe que, sortis du Repos,
D'autres Rois survivent — stoïques !

IV. — Et guéris du mal amer du Doute, ils
connurent la triomphante certitude.

IV

Egrenant le bon grain aux tourbes des Chemins,
  Verrons-nous tous les lys éblouir les ivraies ?
Tendant aux Rois déchus, grande ouverte la main,
Craignons-nous de la voir rouge du sang des plaies ?

La Route florescente où notre Rêve vole,
De sa splendeur d'Aurore épouvante le mal ;
Et nous semons sans crainte au Monde la Parole,
Étant cuirassés de l'invincible Idéal.

Nos fronts, sachant l'orgueil, devinent la blessure,
Nos yeux épris de l'Aube ont su voir dans la Nuit,
Et nous dédaignerons la pierre et la morsure,

Car nous portons en nous la Vérité qui luit.

V. — Et les Rois brûlaient les Villes illustres
dont les ombres vaniteuses des murailles leur
dérobaient le Soleil.

V

I

Clamant leur Désir âpre aux Cieux épouvantés,
Les Rois montraient du doigt l'Horizon de mirage,
Et les Corps n'avaient plus honte des nudités ;
Les Astres dédaignaient se vêtir de nuages.

Ils allaient, en semant l'Harmonie en chemin,
Ayant des mots d'amour pour les Vaincus serviles,
Percevant les soleils, qui rougiraient demain,
Quand l'Aurore luirait sur les nouvelles Villes.

Les Poètes parés des lys blancs des Beautés,
Chantaient à l'Infini l'Hymne sacré des Choses ;
L'aube de l'Utopie avivait ses clartés,

Et des Cités mouraient dans une Apothéose.

II

La lourde majesté de leurs Marches heureuses
A jailli vers ce Ciel que créa leur esprit,
Et leurs rêves, pareils aux roses, fleurs rieuses,
S'épanouissent dans l'Azur — qui les a pris. —

La rumeur monotone a poussé vers les champs
Le roulement lointain des chariots barbares,
Fiançant au galop, des chevaux hennissants,
La poussière de Mort, dont le Chemin se pare.

Hourrah ! voici qu'un Astre a tremblé sur la Ville,
Et que le Crépuscule a plongé dans la Nuit,
Comme un large sceau d'or, au plus profond des puits ;
Les Cités vont brûler leurs palmes, leurs lauriers,
Sur le haut des remparts, les Mages vont prier
En coupant l'Azur noir de leurs longs gestes vils.

Mais les Peuples Tueurs, aux poings, haches et torches,
Promènent sous les murs, les voûtes et les porches,
Des milliers de lueurs, et de flammes gerbées,
Qui semblent dans le soir des étoiles tombées.

« *Voyez ! Voilà qu'il est proche, le Grand-Midi.* »
— Also sprach. Zarathustra. (F. Nietszche).

VI

VERS D'AIRAIN
                POUR

EMMANUEL SIGNORET

I

oi qu'un splendide effort a soulevé des terres
Bruyantes, où le monde éparpille son mal ;
Toi dont la voix ardente a crevé le Mystère
Qui se cachait au sein du grand Soir sidéral,

Je te veux couronner de pampres et de palmes !
Je veux que les Hardis te saluent en héros,
Au seuil éblouissant des blondes Cités calmes
Où se tient la Chimère ailée aux longs repos !

Au fronton d'Avenir j'incrusterai les Noms
Des cœurs qui sont en moi frappés en effigie :
En dussé-je bâtir de nouveaux Parthénons
Et faire de limons une Œuvre de magie !

Tu sonneras longtemps des trompettes d'argent,
Et l'écho s'entendra dans les siècles d'aurore,
Dans le resplendissement futur, émergeant
Des couchants apeurés que l'on se remémore.

J'écrirai tes regards comtempteurs des oublis
Afin que ta Mémoire — égarée et sublime, —
D'astres vierges chargeant les horizons pâlis,
En geste harmonieux suscite un vol de cimes.

II

Si, dardant tes yeux clairs sur le monstre Passé,
Tu pus, ô conquérant, hâter son agonie,
Si, nostalgique Errant par un éclair blessé,
Tu sus jeter au ciel un peu de ton génie,

Aux sources des Beautés impérissables, bois !
Enivre ton cerveau de ta métamorphose,
Tends ton Être futur aux immortelles voix,
— Laisse clouer tes mains aux impossibles Croix, —

Au fond de l'horizon chante l'Hymne des choses !

*
* *

Pan, sous ton ombre, égale aux ombres des montagnes,
Te souffle un chant suave et murmuré des dieux :
Le cœur léger des sources vives t'accompagne,
Et l'azur a jeté l'étoile dans tes yeux.

Les calices des fleurs se lèvent en ciboires
Et veulent que ta lèvre effleure un peu leurs bords,
Les arbres ont tordu leurs rameaux pour te boire
Et les hauts tournesols te font un tapis d'or !

L'orage a reculé devant ta Marche insigne :
Lors, tu levas tes bras incitateurs d'étés
Et seule la rosée accourut — Et des cygnes
T'offrirent en vaisseaux leurs ailes de beauté.

Les sillons ont germé sous tes pas... Et le Saule (¹).
Méla sa feuille larmoyante à tes cheveux ;
Un essaim de ramiers chanta sur tes épaules,
La Vierge vint portant l'urne de ses aveux ;

*
* *

Aussi je tends vers toi mes amicales palmes,
Je tresse une couronne avec mes lauriers verts,
Et je veux que la Paix habite tes yeux calmes,

Qu'auréolé d'amour tu nous dises des vers.

---

(1). Allusion à *Daphné*, d'Emmanuel Signoret.

VII. — Et sur leur chemin infiniment allongé sous
l'Azur, ils rencontrèrent l'Un de ceux qui vivent dans
l'ombre asservissante des murailles et Celui-ci dit
à la multitude : « Ceux qui entraient dans l'Aurore,
en quittant la Cité, resplendissaient, Voici, la joie
était sur leurs lèvres et la beauté sur leur front. »

VII

À l'heure où le Soleil s'affale sur les Villes,
J'ai vu des Étrangers qui passaient sur les places ;
Ils s'en allaient, clamant le triomphe aux serviles,

Et des Vierges chantaient accoudées aux terrasses !

Les yeux des Étrangers — lourds de tous les jardins
Qu'ils foulaient de leurs pas résolus — étaient calmes ;

Et des femmes prenaient des poses, l'air badin,
Et les touchaient au front avec de longues palmes !

Ils criaient : Nous que garde un lumineux Destin
Et qui riions au soir — Voici que nous pleurons !
Voici que nous voyons très loin les blancs Matins,

Et des Filles, lascivement dansaient en rond !

Ils disaient : Les Cygnes ont des grèves maudites !
On ternit la pudeur de nos cœurs triomphaux !
Nous saurons retrouver le geste qui suscite
La tourmente en l'azur et dans les mains, des Faux !

Ils disaient encor : Vous qui riez au matin
Et qui jetez des fleurs à nos fronts héroïques,
Venez, nous donnerons tous nos cœurs en butin
A celles qui suivront nos cortèges stoïques ;

Venez, nous marcherons ensemble vers les Temps,
— Les Temps, poudrés de joie au soleil des prairies, —
Nos mains ont su jeter sur l'épaule d'Antan
Nos lourds manteaux couverts de nos orfévreries.

Venez, la Cité haute a grandi jusqu'aux astres
Dans le rayonnement de sa large bonté,
Venez, quittez la terre où ventent les désastres
Et marchez sur la route où s'en va la Beauté ;

Venez — la ville grave est menacée de deuil,
Les glas qui sonneront les lourds rappels des Fautes
Sont proches — Ah ! venez bâtir la Cité haute,
La Cité de Lumière et la Cité d'Orgueil ;

Et les Peuples pleuraient alors — songeant aux Fautes !

VIII. — Et un Roi salua un frère disant : Sois
libre !

VIII.

VERS D'AIRAIN
POUR
SÉBASTIEN FAURE

*uisque ton Cœur s'avive aux firmaments prochains,
  Puisque tu ris au Soir qu'emmitoufflent les Ombres
Et qu'un ardent mépris t'a fait saigner les mains,
Je t'auréolerai de Verbes et de Nombres.*

*Que ta Voix, dans la foule, où la Bétise est dieu,
Vibre hautainement jusqu'aux arches des mages :
Les élus garderont ton souvenir pieux,*

La Beauté de ton Rhythme attestera l'Image.

IX. — Et un Poète Roi salua un Roi en disant : « Vis et Combats ! »

IX

VERS D'AIRAIN

   POUR

     Adolphe Retté

Dédaigneux de la Palme où rayonnait ta gloire,
* Tu quittas les Azurs où germent les chansons*
Et vins rensemencer dans les Froides Mémoires
* Nos Libres Floraisons.*

Héroïque Glaneur des Vérités brutales,
Frère — en l'Intelligence et dans la même Foi —
Nous irons en jetant la Clarté triomphale
* Dans les Cœurs d'autrefois.*

Ton Geste aura l'ampleur des Semeurs de l'Idée,
Viens ! nous récolterons la Révolte en chemin ;
Et si — comme les Christ — nous préchons en Judée :
* Nous mourrons pour Demain !*

          1893

X. — Et quand les peuples résignés surent que par les grandes plaines marchaient ainsi les Rois, ils vinrent et gémirent : « Que la dispersion soit dans nos cœurs faibles qui n'osent... que la poussière reprenne ceux qui baissent le front vers la poussière, et que le néant retombe au néant. »

X

Pèlerins de la Vie au poids lourd de nos maux,
Nous allons, résignés, sur la Route vieillie,
Et lorsque nous croisons les Porteurs de rameaux,
Nous nous arrêtons las... pleins de mélancolie.

La Faux s'est promenée en nos cœurs desséchés
Et nous ne croyons plus à l'Aube ensoleillée,
Nous portons le Vieux Monde avec tous ses péchés,
Rois aveugles d'Hier, où gît l'âme souillée.

Esclaves opprimés des monarques trop forts,
Nous avons à nos mains les chaînes détestables
Et nous ne savons pas oser le bon effort :
La Révolte, qui fait tous les Rois indomptables.

Nous sommes le Passé qui s'éteindra demain,
Nous portons tous les jougs des Humanités mortes,
Et vous venez à nous l'Aurore dans les mains,
Effeuillant des clartés que notre nuit emporte.

La Ténèbre absorba nos yeux nés de soleil,
Et si nous en sortons nous errons longtemps, ivres,
Puis : nous sommes trop vieux pour tenter un réveil,
Notre Rêve est tombé pour avoir voulu vivre !

Rois, anéantissez nos essaims imparfaits,
Nous grefferions le Mal sur la Plante vivace,
Car nous sommes la Cause enfantant les Effets,
Et nous croyons le monde affaibli, mais tenace.

XI.— Mais après ces paroles hypocrites, les Peuples
résignés s'emparèrent d'un Roi et le crucifièrent sur
la Route.

Et un Poète Roi, en passant, salua :

XI

Puisqu'au souffle énergique et vivant des Révoltes,
Ton bras a pris le glaive incitateur de Mieux,
Et, que ton grain jeté, tu mourus comme un dieu,
Sachant que d'autres bras en feraient la récolte :

Nous dirons en des vers polis comme un soleil
La tragique bonté dont ton cœur fut avide,
Ton esprit flottera dans le Futur splendide,
Sur la mer des épis vaguant ses flots vermeils.

Frère, nous chanterons en des strophes de flammes
Les colombes d'amour que tu portais en toi,
Et, nous ressuscitant dans l'identique Foi,
Nous irons en criant la beauté de nos âmes.

J'allumerai ton nom aux mémoires du Temps,
Et tu resplendiras dans l'Aurore sacrée,
A l'heure où nous verrons de la Cime dorée
Surgir un soleil neuf de nos soleils d'antan.

Ton sang rayonnera sur nos tempes fleuries :
Nous scellons en nos yeux l'apostolique espoir,
Aux sources de l'Idee attisant nos vouloirs,
Nous reporterons l'Urne et l'Amphore taries.

Puisque au fronton terrestre a lui la Vérité,
Nous t'immortalisons dans d'obscures ténèbres,
Car l'Ombre a reculé devant ta Nuit funèbre,

Aux courbes de ton Glaive un Monde a palpité !

XII. — Et dans les haltes, les Rois songeaient à tous ceux que les haches des justices menteuses avaient touchés, à tous les symboles périssables qui leur avait pris la foi ; et ils pleuraient dans le gémissement des voix nocturnes.

XII

Les gerbes de blé saignent l'or
  Sous la faucille de la Lune;
Telle, saigne la malemort
Sur une Cité d'Infortune.

Et stagnent dans l'Immensité,
Des nuits de Douleurs !

                    « Sur des Astres
» O franchir la mer de désastres,
» Afin d'atteindre les Cités,
» O les Esprits hors des Prisons
» Volant illuminer l'Amphore !

» O tous les vaincus de Jadis,
» Repeuplant ces Terres nocturnes,
» Et venant boire à la grande Urne !

» *O ces cohortes de Maudits*
» *Se soulevant avec le râle*
» *Qu'ils jetaient en dernier adieu,*
» *Revenant nier tous les Dieux*
» *Et faire choir les cathédrales !* »

XIII. — Un d'entre eux fut pris sur la route, et
les peuples s'acharnèrent sur son corps, on martyrisa
ses membres, on lui creva les yeux, mais il souriait
pendant les supplices et chantait les débâcles
prochaines. A l'aube, on lui trancha la tête, et un
Poète-Roi salua.

XIII

O toi qui ne connus en ces Terres informes
Que ta hautaine Foi dans nos nobles cités
Et qui cinglas le mal avec le geste énorme
Du Blessé, qui refuse aux hommes la bonté,

Toi qui forgeas le fer rédempteur de nos bras
Et qui sus la légende altière des révoltes,
Prends le Lys virginal qui germa des récoltes,
Cueilli pieusement où s'oubliaient tes pas.

Le Glaive qui faucha les herbes du parterre,
Splendidement jailli hors d'un fourreau d'esclave,
A su reconquérir le Rêve pour la Terre
Submergée, et docile à la Tempête grave.

Prends le cœur de la Fleur ouverte à l'azur sombre :
— L'amère Humanité qui hante les ténèbres, —
Et va, pieux rayon, t'égarer dans les ombres,
Où des fleurs ont fermé des pétales funèbres !

Car la tige angoissée aspire à la Clarté,
Et sur la route où passe un cortège d'enfants,
J'ai vu des jeunes mains acclamant les Étés ;
Des voix mêlaient ton nom à leurs cris triomphants !

Soyez persuadés, Athéniens, que si je succombe, ce ne sera ni Mélitus, ni Anytus, ce sera cette haine et cette envie du peuple qui font périr tant de gens de bien, et qui en feront encore périr tant d'autres, car il ne faut pas espérer qu'elles s'arrêtent à moi.
                    Apologie de Socrate (PLATON)

XIV. — Alors les Rois virent que sous le ciel de l'illusion, s'éloignait tous les jours la Terre de promesse crue prochaine, et, devant leurs yeux passa la dernière image de Celui qui marqua du signe des destructions totales : Sion, la Ville qui tue ses prophètes.

XIV

'Urne du soir mêlait ses parfums aux Étoiles,

Les Vaincus rugissaient, aux mystères des Nuits,
Leurs défaites — qu'Hier leur cachait en ses voiles,
Et les « là-bas » semblaient profonds comme des puits !

Oh ! les râles perdus dans les brises profondes !

— Ils portaient en leurs yeux les Colères du jour,
Leurs royales rumeurs épouvantaient les ondes,
La cohorte des Rois pleurait au Carrefour.

Oh ! l'horizon troué, magnifié par l'Astre !

Un Semeur pacifique en un geste pieux,
Leur montra l'Étendue où stagnent les Désastres,
Et les Rois Révoltés virent, scrutant les Cieux :

Les Golgothas futurs que monteraient les dieux !

Lorsque les peuples tentent une chose, ils échouent
toujours au moment de réussir.

(LAO-TSEU)

XV. — Et un Roi salua une Reine en disant:
Soyez aimée.

XV

VERS D'AIRAIN
        POUR
               CELLE QUI NE VINT PLUS.

Puisq'au fronton du Cœur j'avais gravé ton nom,
   Que ton ongle effaça sans y croire toi-même,
Bâtis une cité riche de Parthénons
Pour y coucher l'amour que nia ton blasphème.

— La ville où scintillaient les astres de tes yeux,
— La ville où sanglotaient les remous d'un grand Fleuve,
Je l'ai quittée ! avide encor de nouveaux Cieux
Vierges d'horizons noirs comme un crépe de veuve.

Je vais, effeuillant les lauriers, de mes doigts purs,
Et j'offre à qui je veux la fleur immaculée.
Que n'êtes-vous venue au détour de l'allée,
Au Temps où les Minuits descendaient de l'Azur ?

Ton cœur est un missel d'or   aux feuillets trop lus ...

. . . . ;

— Je suis Celui qui passe et qui ne revient plus.

XVI. — Et un Roi salua un frère en disant :
Soyez libre.

XVI

VERS D'AIRAIN

POUR

Saint Pol-Roux.

es Astres haut levés sur d'antiques Mémoires
   Irradiant les Temps d'un éblouissement,
Ont mis un peu d'azur épars en ton grimoire,
Et voici que ta voix tremble splendidement.

Las de Procession majestueuse et lente,
Tu sculptas de tes mains des reposoirs magiques,
Et les mots blancs tissés sur les cordes qui chantent
Coulèrent de tes doigts en arpèges rythmiques.

Page royal du Verbe aux armes d'Ironie,
Troubadour et jongleur de fastueuses proses,
Brode un bouclier d'or contre la tyrannie.

Ton Glaive qui dardait sa pointe vers la Lune,
Dédié, désormais, aux races d'infortune,
A lui — dans la Ténèbre — rehaussé de roses !

XVII. — Et un Roi se sentant mourir, se fit
fermer les yeux dans les ombres.

XVII

Avant de fuir l'Azur que j'ai peuplé de Rêves,
Je veux clore mes yeux dans les obscurités,
Afin de ne ravir aux malheureuses grèves,
Le peu de leur soleil, le peu de leur beauté.

J'immobiliserai dans ma prunelle morte
L'Espace et le Néant — scrutateurs de miroirs,
Et là matière aura de moi ce qu'elle emporte,
Tout, ces deux yeux — hormis qu'ils ne voudront pas voir.

Et j'aurai le regard vierge de tout mirage,
Vierge du long tumulte et de tristes décors,
Pour venir abreuver durant le Futur-Age
Ces yeux, incitateurs d'Étoiles, d'astres d'or!

J'exilerai ma vie en d'ardentes Ténèbres,
Où je veux conquérir la chaste illusion,
Et quand auront passé les Époques funèbres,
Je reviendrai, portant la claire Vision.

L'être est né du non-être.
(LAO-TSEU)
Die zerstorende Kraft ist eine schaffende Kraft.
(BAKOUNINE)

XVIII. — Et un Poète Roi pleura. en songeant
que des Temps infinis le séparaient de l'Initiatrice.

XVIII

VERS D'AIRAIN
POUR LA PREMIÈRE Sœur
QUI S'OFFRIT A MES YEUX.

à A. M. T.

Toi qui versas tes yeux sur mes yeux obstinés
A l'heure printanière où le cœur croit encore,
Toi qui sus m'apparaître aux chemins où l'Aurore
Se penchait pour guider mes trop jeunes années,

Toi qui cueillis les fleurs que l'ouragan tua,
Et qui plaintivement te courbas vers les Croix,
Passe ! — Je suis celui qu'Orgueil habitua
Devant les Résignés, à se proclamer Roi.

Passe ! — Je crois en Moi car je suis l'Étranger,
Car, Narcisse, je m'aime en me mirant aux eaux,
En vain ton souvenir viendrait me déranger.
Vierge, retourne à l'Ile où chantaient tes fuseaux !

Une Joie a pleuré devant mon morne rire.
Une Douleur a ri en me voyant si sombre,
Et de peur que l'insulte aille souiller mon ombre,
Je mêle aux voix des mers la douce voix des lyres.

Vierge, retourne à l'Ile où chantaient tes fuseaux !

XIX. — Et les Rois dirent dans leur cœur : « Nous passerons dédaigneux des Croix où les Forts sont cloués par les Faibles, 'les Justes par ceux des synagogues et des corps de garde : car, c'est à la persistante avidité et à l'universelle inconscience que sont offerts les sacrifiés. Les Rois libres sous le libre azur se couchent aux fossés, quand c'est l'Heure !

XIX

Le Rêve leur ouvrant ses portes,
  — Les vieux gonds ont roulé, criant —
Les Rois bannis des Cités mortes
Sont partis vers les Orients.

Ils vont sur la route des mages,
Attisant les Cœurs presqu'éteints,
Se proclamant briseurs d'images,
Enfantés par le grand Matin.

Puis, ils narguent les Soirs sans Astres,
Rouillés de Lunes sans clarté,
Leurs yeux suscitent les désastres
Sur les purulentes Cités.

Et leur geste esquisseur de mondes,
Évoque une Terre sans fiel,
Qui fera surgir de l'immonde
Une splendeur d'antique ciel.

. . . La Croix, livide, les appelle,
Et leur tend la Palme en ses bras !
Mais les prunelles sont rebelles,
Et les Rois ne la verront pas. . .

Ils vont — dédaigneux de la pierre
Qui heurte toujours les fronts purs,
Et de leur manteau de poussière,
Ils secouent un peu de l'azur.

Puisant l'énergie en leur Rêve,
Ils iront — chercheurs d'Idéal —
Jusqu'à la bienheureuse grève,
Où fleurit le long lys loyal.

Et leur Espoir, sur le sol nu
Bâtit une Cité d'Aurore,
La peuplant des Rois inconnus
Qui naîtront de la grande Amphore.

Les Rois ne mettent plus d'insignes ;
Sous le haillon des anciens Temps,
Ils portent des portails de Cygnes,
Et des audaces de Titan.

Ils ont quitté les Cités mortes,
Rois, méprisant les Royautés,
Pour mourir au Soleil !

                    Qu'importe,
Si le But servit aux Cités !

Ambition : la terrible institutrice du grand mépris qui dit à la face des Villes et des États : Toi, hors d'ici, jusqu'à ce qu'enfin d'elle s'élève, en hurlant : Moi, hors d'ici ! — Also sprache, Zarathustra.
(F. Nietzsche)

XX. — Un Roi qui avait conquis son rêve, chanta :

XX

Scellant l'ardente vie en votre âme royale,
Un ruissellement fauve avive vos yeux clairs
Et vous prenez aux fleurs d'étoiles leurs pétales,
Puis vous épouvantez les Horizons d'éclairs,

J'ai sondé dans vos yeux l'impalpable Chimère.

J'immobilise en vous la blanche vision,
Et je me suis épris de vos prunelles fortes.
J'y vois passer des dieux les splendides cohortes,
Et des rêves dansant dans leur illusion !

J'ai nourri dans vos yeux l'impalpable Chimère.

Vous irréalisez les formes à l'entour,
Tant vous éblouissez les Azurs et les Choses ;
Le poids de vos regards a rendu mes yeux lourds,
Désormais je me mire en des apothéoses.

J'ai saisi dans vos yeux l'impalpable Chimère.

J'irai vers les Soleils où s'abiment les mers,
Je les ferai sombrer dans l'infini de l'Ombre,
Et leurs pâles clartés gèleront les Hivers
Qui dorment enfouis dans les Temps et les Nombres.

Car je porte en mes yeux l'impalpable Chimère.

XXI. — Et un Roi salua une Reine, disant : Soyez
aimée.

XXI

VERS D'AIRAIN
      POUR
            E. To.

O Reine, un chœur de sources pleure
Dans le Parc où je fus aimé
— Je suis l'Horloge qui se leurre
De garder l'Avril à jamais ! —

Ai-je bâti ma cité d'Ame,
Ou mon luth sonna-t-il l'Espoir,
Dans la nuit où tu passas, femme,
Éprise avec moi d'un grand soir ?

Tu m'as fané la fleur sacrée
Qui ne peut fleurir qu'une fois,
Et de ma fleur tu t'es parée,

Pour ne me laisser que ma Croix.

XXII. — Et, comme ils passaient dans une vallée, un Poète-Roi monta sur le flanc d'un coteau et salua ses frères, les Rois Révoltés :

XXII

Le Glaive de Pensée où scintillaient vos rêves,
Levé comme un Soleil vers les Orients rouges,
Soudain a suscité dans toutes mains des glaives,
Des glaives d'or qui bougent !

Vos gestes ont creusé des abîmes d'azur ;
Dans les écroulements des orages vaincus,
Vos lèvres ont trouvé la source des mots purs :
Les Passés ont vécu !

Conduit vers vous, mes frères, par mon cœur en fleur,
J'ai cueilli la Logique implacable du vrai,
Et noyé de clarté mon âme de douleurs,
Telle l'ombre, de rais.

Puissé-je vous porter un amical breuvage,
Comme la fille vierge aux martyrs de l'antique,
Afin de vous verser en ma coupe, un courage
Que je sais héroïque.

XXIII. — Et il annonça le Roi des Rois, l'Homme, celui qui jaillirait de la confusion, portant à ses tempes sacrées le signe surhumain de l'élection spirituelle.

XXIII

Il surgira d'un Astre inconnu de nos Terres,
Celui qui portera l'Amphore des Beautés.
Sa Parole luira — déchirant le Mystère —
Comme un soleil de cuivre attisant les Étés.

Son geste harmonieux esquissera des Mondes,
Il tuera dans ses yeux le reflet des Passés ;
— Rien ne rappellera plus les cités immondes
Mourant, dans des convulsions d'oiseaux blessés ;

Sa Voix qui sèmera les Orients splendides,
En illuminera les chemins tentateurs ;
Les cygnes au col noir l'acclameront pour guide,
Et le protègeront du flot blasphémateur,

Et le lys en sa main remplacera le glaive ;
Tous les cœurs palpitants, heureux, s'inclineront,
Car il aura la palme où s'incruste le Rêve,
Mise splendidement sur son glorieux front.

Les enfants étonnés le nommeront leur Père ;
Les fleurs s'inclineront devant un Créateur ;
Les vierges essuieront ses pieds — comme naguère ; —
De l'humanité blanche il sera le Pasteur.

Fleur ardente des soirs, lumineuse d'aurore,
Il surgira — Soleil — des fastueuses nuits ;
Et les Rois sonneront les trompettes sonores,
Et diront simplement aux élus : « c'était Lui ! »

Un jour, après avoir parcouru les Azurs,
Où tu nourris ton cœur de brises bienfaisantes,
Tu descendras avec des pas sonnants et sûrs
Pour chanter l'avenir des aurores naissantes.
                              S. P. MASSONI

XXIV. — Puis le Poète-Roi chanta ses frères tombés au chemin-libre.

Il dit aussi aux Rois : « Vous êtes l'Exemple, l'Amour, la Lumière, l'Espoir de nos Races, et la pierre angulaire des Cités Futures. »

Après, il cria, avec un geste destructeur, — car dans cette foule il y avait des Méchants et des Fourbes — : « Ô Vous qui êtes disséminés dans l'ombre de nos pas, vous êtes le Scandale, la Haine, la Ténèbre, l'Envie et la Trahison, et vous serez anéantis afin que vous n'engendriez pas, mais si d'ici là, vous avez des fils contaminés, ils seront traités moins rigoureusement que vous. Car tant que la vie est au jeune cœur, on peut espérer.

XXIV

O vous qui changerez le sang des fortes races,
Vous dont le cœur se gonfle au vent des luttes vives,
Mystérieux amis dont j'ai suivi les traces
De la mauvaise ville aux orgueilleuses rives ;

Vous tous, vainqueurs sanglants, que les Erynnies mordent,
Et Vous, errants hautains que fouettent les exils,
Étrangers des Cités dont je me nomme fils,
Pour qu'aux Iles dorées vos mémoires abordent :

Je crierai votre Nom dans l'ardente mêlée,
Afin de susciter les exemples meilleurs,
Et — joyeuse fanfare en les lointains Ailleurs,
Je vois des Jérichos les murailles croulées.

Mais vous qui reniez les martyrs à l'aurore,
Vous dont le cœur se vend aux foules sur les places,
Vous, Apôtres sans foi des lys qui vont éclore,
Je montrerai le cœur de vos maudites races.

Vous tous qui vous glissez comme de lâches ombres,
Vous qui êtes la nuit, l'envie, la haine basse,
Afin d'anéantir vos cortèges qui sombrent,
Je percerai le cœur de vos maudites races.

Puisqu'au vent de Légende j'embouche ma trompe,
Que mes lèvres d'azur boivent à la beauté,
Que fastueusement mes Héros, dans les pompes,
Vont franchir tous les seuils d'immortelles Cités :

Je dresse à l'orient mes vouloirs indomptés,
Et j'appelle à ma voix toutes les voix qui passent,
Et je désigne ceux qui sont dans les Passés,
Pour qu'on perce le cœur de leurs maudites races !

XXV. — Au rivage des Mers la Vague chanta, et
les Rois silencieux écoutaient : Elle dit l'éternelle
Impersonnalité, acclamant les Conquérants qui la
frappent, et huant les Martyrs que des cages de fer
portent aux Iles lointaines. Elle dit l'éternité de sa
vaine supplication, et les Rois pensèrent : « l'abime
reste l'abime, rien ne le comblera que les éclairs ! »

XXV

Je suis la vague folle, enfant des mers lointaines ;
Je nais et je trépasse et et je renais encor ...
La Reine Océanne a la volonté hautaine
De redonner la vie après de courtes morts.

Je vais, houlant ma rage, et la laissant en traîne,
Blanche aux aubes d'argent, noire aux couchants d'airain,
Et je crois à ma sœur, la lascive Sirène,
Que le marin dit voir, dormante, arquant les reins.

Et nous allons ainsi des milliards de vagues,
Dolentes et passives sous le fouet des vents,
En poussant devant nous nos frais jardins : les algues,
Dont les fleurs, dans la nuit, font peur en se mouvant.

Nous frôlons les Cités antiques et nouvelles,
Accrochant à la grève un peu de nos velours ;
Et quand nous chavirons de blanches caravelles,
L'âme verte des mers se lamente aux cieux lourds !

Nous roulons, nous roulons par essaims de cohortes,
En étreignant les flancs des splendides vaisseaux,
Leur faisant, durant le long Voyage, une escorte
Jusqu'au bon Port ou jusqu'au plus profond des eaux.

Nous savons la chanson que psalmodient aux nues
La tempête siffleuse et l'orage hurleur ;
Et nous répéterions à l'épave inconnue,
Les angoisses, les râles, les vaines douleurs.

Nous roulons les secrets des fautes et des crimes,
Nous portons les martyrs, les rois, les conquérants . . .
— Si l'on interrogeait le cœur de nos Abîmes,
On verrait le cadavre et le trésor errants. —

L'Amante des soleils est notre bonne dame,
Elle attend le rôdeur, le chevalier sanglant,
Qui, mettant dans ses yeux une lueur de lames,
Va rouler lourdement dans ses tréfonds troublants.

Et l'Astre qui s'incruste au fronton de l'Espace,
Se polit et s'épure en nos calmes miroirs ;
Et nous tendons nos doigts aux fins oiseaux qui passent,
Tournoyant égarés sous le manteau des soirs.

. . . La Dame de la Mer semeuse d'aubes fraîches,
Est une pécheresse, avide de pardons ;
Deux fois, en se traînant, chaque jour elle lèche
La grève impitoyable, en lui portant ses dons :

Et la Terre refuse à la Mer, ses pardons !

XXVI. — Et sur le soir, pendant que la tempête
grandissait encore, un des Rois grandit sa voix avec
elle et bientôt domina l'ouragan, et le cri de l'homme
fut sur le cri de rage de la mer comme un tonnerre sur
le vain tumulte des foules : « O mer, le souffle du
vent qui passe, te soulève comme un cœur de feu
traîne après lui les multitudes. Mais j'apporte la
flamme haute de l'Esprit conscient que les Vents
n'atteignent, ni l'humilité des cœurs ! »

XXVI

Pleine des blancs secrets de sa virginité,
    La mer roule sa vague en des courbes fuyantes
Et découvre à l'azur un peu sa nudité
Qui hante les yeux bleus des étoiles amantes.

Et flotte à l'infini sur des routes limpides
Le Vaisseau — haut paré d'oriflammes jalouses —
Qui creuse un long sillon au nu des proues avides,
Se berçant comme un cygne, au regard des pelouses.

J'ai mis mon cœur, pareil dans les houles des Terres,
Et fiançant mon rêve à la nuit — où j'errais,
Je vais en insultant fièrement au mystère,
Brandissant au couchant mes orgueilleux décrets.

— Car, pour sauver de l'ombre une clarté qui meurt,
J'ai jeté ma splendeur mélancoliquement
Parmi les herbes d'or où mes pas faisaient peur
— J'ai su ressusciter la lumière qui ment !

J'ai mérité du ciel que mon geste appela
Pour avoir reconquis l'âme prédestinée,
C'est pourquoi la tempête a roulé sous mes pas
Et que je n'entends point l'heure tiède, sonner.

Ne suis-je point l'enfant des antiques chemins,
Le fier adolescent qui joue avec un rêve
Ainsi qu'un peuple joue et veut frapper des mains
La Gloire qui s'exile au seuil des Cités brèves.

Allez par les chemins verdoyants des aurores
Cueillir la fleur qui pleure un cœur qui ne bat plus,
Cueillir la rose morte au jardin de Jésus,
Et désertez la place où ce Fou prêche encore.

Allons par le chemin jonché de splendeurs mortes
Cueillir les frais lilas en grappes accrochées,
Cueillir les lys perdus sous les feuilles séchées,
Pour en faire l'hommage attardé — que j'apporte ! —

J'ai blasphémé l'Horreur qui fut encor ma foi,
Mon peuple brise les glaives des conquérants !
Passez, maudits enfants, dans la nuit, car des Voix
Ont glissé sur les eaux grondantes des torrents.

Car Judas prit le cœur de sa race très forte,
Et le cœur de Jésus qui plaisait aux esclaves,
Puis il s'en fut cogner avec aux lourdes portes !

. . . .

La haute source d'où coule un fleuve d'étoiles
Qui s'égrènent en lueurs molles dans la nuit,
Peut verser dans ma coupe un vin de rouges bruits,
Je ne sais frissonner aux heures qui se voilent !

Et la voix de la mer se tait devant ma voix.
(Moïse). — ALFRED DE VIGNY

XXVII.— Puis ils reprirent leur marche, en longeant les grèves, et dans les Villes qu'ils traversaient, comme ils voyaient souvent dans les arènes, des tigres que la foule réservait pour les jeux publics et les supplices, les Rois se prirent à penser : « *Quel est donc ce peuple qui ose crucifier des tigres!* »

XXVII

Las des barreaux forgés qui grillent l'Azur mort
Des opaques Cités et des Campagnes nues,
Le Tigre tourne encore avec rage, et puis, mord
Les obstacles de fer qui lui rayent les nues,

Et sous ses flancs usés par l'énervement lourd,
Son poil — déjà vendu — s'étale en lueurs fauves,
Avec ce ton banal et très roux des velours
Dont on drape, aujourd'hui, la triomphale alcôve.

Dans la révolte intense et continue . . . il songe,
Et flairant l'angle dur des quatre coins connus,
Aux rêveuses clartés de ces soleils éponges
Qui buvaient les palmiers, épars aux sables nus,

Il se souvient de l'antre au creux de claires roches
Où ses griffes creusaient de profondes entailles,
Y plaquant le sang rose et joyeux des batailles,
Alors, qu'il se voyait défendant toute approche ! . .

Il se souvient des nuits glaciales et bleues,
Où, lové, près du sphynx éternel de l'antique,
Il attendait la proie avec ses dents en piques,
Cinglant, impatient, ses flancs avec sa queue.

Au jour du mauvais Rêve, il se souvient que, bas
Il sut broyer les reins en fauves attitudes,
Et qu'il fut terrassé dans l'inégal combat
Par ceux qui dérangeaient sa libre solitude.

Il se souvient d'un Monstre aax bras noueux et durs
Qui brulait les naseaux et qui fouettait les chairs,
Et dans sa gueule, il a, pour lui, quelques crocs sûrs !

*
* *

Comme l'Homme, il a mis le masque résigné
Sur sa tête de fauve assoiffé de tueries,
Et dans l'attente proche il tourne ses furies
Sur la grille et les bois . . . qui seront dédaignés !

Il sait que l'Heure est là, marquée au sein des fêtes,
Et qu'il sera vaincu pour oser vaincre un Maître ;
Mais saura-t-il rugir sa dernière défaite ?
Car, de sa vaine mort l'épouvante doit naître !

Il savoure ardemment les vengeances futures,
Ses ongles et ses dents s'aiguisent sur les fers,
Cachant l'horrible mort sous de franches morsures,

Et ses griffes, hier, s'essayaient sur la chair.

Le sujet a le droit que l'action satisfasse ses besoins, ses intérêts et ses fins, lesquels font son bien. C'est le droit au bien.
(Philosophie de l'Esprit. — Morale.)
HEGEL.

XXVIII. — Et à l'un d'eux qui voulait s'en
retourner vers les Villes abandonnées, un roi dit :

XXVIII

VERS D'AIRAIN

POUR CELUI QUI SE TIENT

AU SEUIL DES CITÉS FUTURES

Vous, que retient au seuil des Cités affranchies
Le Préjugé faucheur de nos floraisons libres,
Je ferai sourdre en vous de vierges anarchies
Qui — comme des hérauts — dans les Orients vibrent ;

Je veux que leurs soleils s'écrasent en vos yeux
Et que, resplendissant de lumière et d'amour,
Vous marchiez en sonnant la gloire des adieux
Aux vieux mondes pervers, aveugles de secours.

Je vous cuirasserai de la Métamorphose
Afin que vous domptiez les Genèses menteuses,
Et pour que votre voix ait le parfum des roses
Les amants tisseront la parole enjoleuse.

Et vous aurez le geste amoureux du désastre
Pour sauver du néant les terres affranchies,
Car — vous aurez au poing des glaives gemmés d'astres,
Pour entrer — triomphant — dans la blanche Anarchie.

Soigner sa belle humanité sera la Loi et les Prophètes.

SCHILLER

XXIX

Les Incrucifiés dédaigneux d'auréoles
  Sont sortis de la ville morte,
Conduits par l'Espérance folle
D'en voir un soir tomber les portes.
Le but loyal de leurs conquêtes
Leur laissait croire aux bonnes fêtes,
Mais la Défaite
— Invisible pour Eux —
Avait surgi, hautaine et faucheuse de têtes,
Dans les Cités où ils passaient
En jetant aux étoiles bleues
Le cri rédempteur des Blessés
Qui saignent dans la marche héroïqae des Dieux.

Ils se sont proclamés les Prêtres de la Vie !

Les vents hâleurs de rosée et de semailles
M'ont porté de bienheureuses graines ;
Et j'ai fait à la Terre une profonde entaille,
Afin que les oiseaux pilleurs ne prennent
Les bienheureuses graines !

Aux remparts des Cités mauvaises,
Menaçants de hautes fournaises,
Avec un geste majuscule
Je suis allé, le cœur sans fiel,
Jeter aux quatre coins du ciel,
Qui tombent sur les plaines,
Je suis allé au crépuscule
Semer le Ciel
Que les vents sur leurs robustes épaules portent ;

Et les Cités m'ont désigné les portes
Qui s'ouvrent sur les Exilés,
Et je suis parti, et j'emporte
Avec les Vents ailés
Les bienheureuses graines
Dont nos mains sont pleines,
Et nous allons vers les plaines
Où nous voulons bâtir les Cités Étoilées.

La volonté de l'homme naturel n'est ni bonne, ni mauvaise ; mais elle n'est pas libre, donc elle est mauvaise.

(Phil. du Droit — Morale).

La volonté réellement libre est la volonté qui sait.
(Phil. de l'Esprit). — HÉGEL

XXX

Une pluie d'or sur un horizon de Douleurs
— Et leurs ombres les ont quittés avec effroi —
Une pluie d'or qui mouille les fleurs
— Et dans l'âme un sanglot froid —
Une pluie d'or sur un horizon de douleurs !
Ils marient leur cœur aux choses d'Ici ;
La tristesse, en deuil, est l'amie aussi
Qui passe quand l'horloge est lasse
De pleurer des Heures à l'Espace.

Les destructeurs de lois marchent vers l'échafaud.
LUCIEN JEAN

XXXI. — Mais, insoucieux des moyens, ainsi que
prescrirent les Livres de sagesse et comme ordonnèrent
aussi les Prophètes, les Rois commencèrent la belle
Purification.

XXXI

Une Lune de feu se penchait sur les plaines,
Éparpillant le sang d'un crépuscule en fleurs
Sur les Cités en mal et les faubourgs en haine
Qui clamèrent à l'aube une morte douleur.

*
* *

Au carrefour, dans le repos stoïque, dort
Le briseur de colliers qui ferma ses yeux, las
De scruter l'horizon qu'iront chercher ses pas
Quand sonneront au sol libre . . . les talons forts.

Les mauvais Pèlerins pleurèrent sous les Faibles,
Et les Faibles s'en vont vers de vierges soleils
Conquérir pour leurs yeux les audaces des aigles
Qui hantent, dans l'azur, l'or des futurs réveils.

Les porches ont vomi les mendieurs d'espace,
Des Palais ont croulé devant leurs cris hautains,
Ils ont brisé le glaive esclave — et de leurs mains
Ils signèrent, avec les tronçons, aux terrasses !

Les vieux, la faux au poing, ont menacé les champs,
Et les Faneurs, torche haute, couraient les blés,
Plaquant sur le sein terrien, les larges scellés
Des révoltes qui fument au morne couchant.

*
*　*

Car les Sages, les yeux dessillés dans un songe
Apparu, avec un grand geste qui veut vivre,
Sur les places jetaient aux dents rouges, les livres,
Conducteurs éhontés aux chemins des mensonges.

Car la Croix qui pleurait aux siècles emmurés
Avec humilité, ses bras chargés de honte,
Fut traînée au charnier par les mêmes archontes
Qui dressaient l'Appel Blanc vers les désespérés.

Car l'on crucifia ceux qui jugeaient les hommes,
Auprès des piloris où l'on hachait les codes,
Et les prêtres, vêtus de noir, brûlaient les Dogmes :
— Tous les passés avec le crime des Méthodes.

Car aux remparts de fer une foule aguerrie
Portait, rageuse, les livrées, les oripeaux,
Les offrant — holocauste ironique — aux Patries
Brûlées en effigie avec leurs longs drapeaux.

L'Humanité spirituelle se dégage peu à peu de
l'humanité dogmatique, comme le papillon de sa
gaine, l'esprit, de la lettre.
    (De la Méthode en Science). C. M. SAVARIT

XXXII. — Et de même qu'après la destruction
de Sodome et de Gomorrhe, l'orage éclata, et sur
les ruines, — selon la prophétie, — les Rois voulurent
élever la noble Cité d'Orgueil. Quand ils eurent
brûlé la Ville morte et que la charrue eut passé sur
les décombres, ils jetèrent ses cendres au vent et
transportèrent au loin les pierres et les marbres
sculptés, vains symboles d'un vieux monde adorateur,
et un Sage, sur la route, s'étonna :

XXXII

Avec des gestes de soir, avec des gestes de deuil,
    Les Rois sont allés portant des cercueils
— Avec des airs de soir, avec des airs de deuil —
    Loin des blondes Cités d'orgueil !

Les vents offraient aux nuits leurs cheveux
    D'invisibles soies,
Et les nuits cueillaient des bouquets d'aveux
    Aux lèvres de joie.

Comme des épées et des lances vertes,
La pluie s'enfonçait dans la Terre ouverte.

— O mes Pèlerins porteurs de cercueils,
Que portez-vous hors des Cités d'orgueil ?
— Nous portons au charnier des mauvaises fleurs,
    Les grandes Douleurs.

— O mon Pèlerin, porteur de cercueil,
Que portes-tu hors des Cités d'orgueil ?

— Je porte dans la bière
Le chancre qui rongeait la Terre :
Le cadavre de la Misère.

— Et toi, Pèlerin, porteur de cercueil,
Que portes-tu hors des Cités d'orgueil ?

— Je porte les chaînes qui liaient
Les bras des Humiliés.

— Et toi, Pèlerin, porteur de cercueil,
Que portes-tu hors des Cités d'orgueil.

— Je porte au champ des Trépassés
Les haines
Lointaines
Qui firent de Nous des blessés !

— Et toi, Pèlerin, porteur de cercueil,
Que portes-tu hors des Cités d'orgueil ?

— Je porte l'âme des Passés.

— Et toi, Pèlerin, porteur de cercueil,
Que portes-tu hors des Cités d'orgueil !

— *Je porte la Foi au sein de la terre*
Et les yeux crevés des troublants mystères :
Je porte la Croix à la terre.

— *Et toi, Pèlerin, porteur de cercueil,*
Que portes-tu hors des Cités d'orgueil ?

— *Ce que je porte sur l'épaule,*
C'est le verbe noir, la Parole
Tisseuse des méchants symboles.

— *Et toi, Pèlerin, porteur de cercueil,*
Que portes-tu hors des Cités d'orgueil.

— *Je porte, ô Passant, ta Charité :*
L'âme des catholicités
Qui volait l'énergie aux Cités.

— *Et vous, Pèlerins, porteurs de cercueils,*
Que portez-vous hors des Cités d'orgueil ?

— *Nous portons au dernier lieu*
Le jeune vice et les maux vieux :
— *Nous portons l'âme des Dieux.*

Avec des gestes de soir, avec des gestes de deuil,
Les Rois s'en allaient portant les cercueils
— Avec des airs de soir, avec des airs de deuil —
Loin des blondes Cités d'orgueil !

Et ce Pèlerin,
Dont le cœur se sentait d'airain,
Ceignit ses reins
Et mêla ses cheveux
Aux vents qui offraient aux nuits des cheveux
D'invisibles soies.

Puis le Pèlerin,
S'en alla vers les Cités d'orgueil,
En clamant au ciel tué
La fin des douleurs et des deuils
— Aux cités habitués —
Et les nuits cueillaient des bouquets d'aveux,
A sa lèvre de joie.

Comme des épées et des lances vertes,
La pluie s'enfonçait dans la terre ouverte.

XXXIII. — Enfin, tout près des mers, les plaines
d'ombre et de soleil se montrèrent, et un Prophète,
un Sage, leur dit la Vie Bienheureuse.

XXXIII

O peuple de ramiers que battait la tempête,
   Le ténébreux azur qui pesait sur les villes
N'assombrit plus la route où peinaient nos conquêtes.
L'ombre n'a pas chassé la clarté, qui s'exile !
Vers les libres Cités qu'ouvrent des clefs de fête.

La plaine n'est pas morte aux vains sanglots des villes ;
A l'heure où la pâquerette couvre son cœur,
La plaine dans ses flancs a des douleurs fertiles :
Les lourds enfantements des esclaves serviles ! —
La plaine a les pouvoirs créateurs qui font peur.

Lorsque de blancs oiseaux dans l'air feront des signes,
Que la rose au jardin de l'Aube s'ouvrira,
Les terres saigneront au coteau, par les vignes,
Le sang que notre coupe ardente tarira.

Des meules brûleront dans l'or des crépuscules
Qui balancent la torche écumante au couchant,
Et la nuit — que le jour agonisant recule —
Se baignera sept fois dans la brume des champs.

Puis vous aurez l'aurore avec son soleil neuf
Qui gravira le ciel jusqu'aux cimes : Midis,
Alors que s'en iront de longs troupeaux de bœufs
Chercher dans l'aube en fleurs les gazons attiédis.

*
* *

Le mal de vivre est mort au cœur troublant de l'homme,
Les pas ne cherchent plus le vertige des cieux,
Car l'homme a fait de la nature son royaume,
Et sous l'azur ouvert il s'est proclamé dieu.

Voici les étangs bleus, pressés sous l'horizon,
Épris des cygnes blancs qui voguent, l'or aux yeux,
Ainsi que les hérauts de la froide saison.

Voici la forêt blonde aux ceintures de chênes,
— Et dont les guis sont morts au faîte, près des cieux !

*
* *

La galère a tremblé de la quille aux antennes
Et se mire aux chansons d'invisibles sirènes,
Et si la voile s'enfle aux cris
Des vents amers,
Elle prendra les ris
Et se fera petite,
Pour aller conquérir les butins à la mer,
La galère qui dort quand l'horizon l'invite.

> Celui-là a le plus vécu qui, par son esprit, par son
> cœur et par ses actes, a le plus adoré.
>   (L'Avenir de la Science). RENAN

XXXIV. — Et des Rois, dans l'espoir prochain de
retrouver la Vie Bienheureuse, travaillaient nuit et
jour — et ils évoquaient le grand matin.

XXXIV

Et quand le matin blanc comme un regard de vierge,
  Drapé dans ses cheveux de pudiques nuages,
Ira, hâleur des vents vers les célestes berges,
Où des astres mourants comme d'infimes cierges
Vont pleurer le soleil d'antiques esclavages :

La Cité couronnée, écumante de fleurs,
Aura la grande rose à ses portes frappées
— Le soleil des Midis Libérés qui se lève —
Et les Rois, les briseurs des mauvaises épées,
Clamant au ciel tué la mort de la Douleur,

Entreront dans la vie et la cité de rêve.

XXXV. — Et les antres Rois qui restaient s'en
allèrent jusqu'à la grève, et ils s'emparèrent de
vaisseaux pour gagner l'Ile heureuse. Mais par une
tempête la confusion régna, et devant l'inhabileté
des matelots qui chantaient déjà la triomphale
victoire, un Poète Roi regagna sagement les rives
des cités d'orgueil.

Le vaisseau sombra et les Rois périrent !
Et le Poète Roi pleura son Rêve.

XXXV

I

O matelots, pilote amoureux de l'espace,
   Craignez le vent hâleur qui s'engouffre en nos voiles ;
Un vol d'albatros suit l'arrière, l'aile lasse,
Et dérobe à nos yeux la mémorable étoile.

II

— Pilote, un geste sûr fait-il tourner ta roue ?
Sais-tu si la tempête a rôdé sur les mâts ?
Regarde si la vague éprise de nos proues,
Résonne aux flancs dorés du vaisseau paria !

III

Et seul m'a répondu le chant des matelots !

IV

Ils remontaient la mer comme des conquérants
Et ne voulaient pas voir la colère des flots
Qui menaçait le tour du navire mourant !

Et leur chant grandissait comme un bruit de torrents
Lorsque l'orage vient grossir le chœur des eaux.

V

J'ai pensé :
Qu'il était doux le chant des fuseaux !

VI

Et j'ai quitté le pont du vaisseau révolté.

VII

Les matelots sont morts.
Et seul je suis resté !
Et j'ai vu le vaisseau sans roue et sans voilures
Flotter, désemparé, vers les mortes Cités,

VIII

Et mon cœur est monté jusqu'à mes lèvres pures,
Et je me suis pleuré sur les Cités futures !

> *Bientôt le haut du mont reparut sans Moïse —*
> *Il fut pleuré — Marchant vers la Terre promise,*
> *Josué s'avançait pensif et pâlissant,*
> *Car il était déjà l'élu du Tout-Puissant.*
>
> (Moïse). — ALFRED DE VIGNY

XXXVI. — Et un Poète de la Cité d'orgueil —
enfin bâtie — le salua, disant : *Voici que la Beauté
libératrice appelle.*

XXXVI

VERS
      POUR
           ANDRÉ IBELS

Au haut des mâts, prenez les ris, ô matelots !
C'est trop lontemps se mesurer à la tempéte :
De plus forts ont lutté sur qui roulenl les flots,
Car la révolte est brève ainsi qu'un jour de fête.

Les cœurs gonflés d'ivresse et les voiles, de brise ;
Les fronts battant d'espoir, d'orgueil, haute la proue ;
Le pilote matinal assurant la roue,
A l'aube, nous montions, au seuil des mers surprises,
Le renaissant vaisseau des conquétes promises.
Et les voiles s'enflaient encor sous d'autres brises !..

La Révolte. 1ʳᵉ Partie des Cités Futures.

Et la tempête vint que nous ne savions pas,
Quand nous cherchions l'île de Songe de là-bas.

Ainsi par les déserts, ou les chemins d'épreuve,
Et chargé du fardeau du peuple héréditaire
De Chanaan promis aux Errants de la terre,
Allait Moïse. Et le miracle était sa preuve.

Ainsi les révoltés élevant leurs murmures
Roulent, tumultueux, vers les Cités Futures.

Or, comme au front, les audaces des sourds Prophètes,
Ils sont marqués pour les éternelles défaites.
Et croulent les cités dans les flammes des soirs,
Comme aux jours accomplis, les enchaînés espoirs.

Mais déjà nous avons quitté les rouges plaines.
Voici que la Beauté libératrice appelle
Les hommes délivrés à délivrance pleine
De la captive Jérusalem spirituelle !

*
* *

I

Toi, qui ne sus tenir en ton cœur orageux
L'écho retentissant de l'humaine blessure,
Et qui, comme un enfant, jetas au vent des cieux
La protestation hautaine de l'injure ;

II

Toi, qui, heurté, versas dans un moule brutal
L'airain fondu de la révolte téméraire,
Et qui, penché sur le flux apparent du mal,
Fis retentir les monts lointains de ta colère ;

III

Toi, qui glorifias les noms chers entre tous
De ces Enfants tombés dans leur foi puérile,
En l'immobilité d'un rêve aussi mobile
Que le parfum qu'un souffle apporte jusqu'à nous :

IV

Laisse venir enfin la paix, la paix sereine,
Laisse tomber en toi le calme de l'azur ;
Vois, jusqu'aux horizons où glisse l'astre pur,
S'étendent les lignes pacifiques des plaines.

V

Fils de Celui qu'aimait le ciel de Béthanie,
Ils semaient de doux mots, jaillis de cœurs légers,
Et ne pouvaient savoir que les parfums d'Asie
Sont plus pesants aux vents — ou sont moins étrangers,

VI

Ils ne pouvaient savoir que le geste adultère,
Pour blanc qu'il soit, est bas, et déjà rejeté ;
Le cœur de l'homme est le suprême sanctuaire
Où nul ne doit entrer — même sanctifié !

VII

Et le sang coule en vain et par de rouges barres
Marque le ciel obscur où mourut le Passé :
Le sang n'est qu'au front lourd des aurores barbares ;
L'aube d'Avril sera de rose et de clarté !

VIII

Qu'au fronton d'antiques Parthénons héroïques
Soient les premiers, les noms augustes de tes Rois ...
— Mais plutôt, que sur eux tombe l'oubli magique,
Comme la neige sur les appelantes croix.

IX

Car la race des Dieux se donne d'autres signes,
Et les hommes grossiers ne les connaîtront pas,
Et ne leur est comparable — rien ici bas :
Ni la pudeur des lys, ni la blancheur des cygnes.

**
* *

Tu sais, loin des cris des cités profanatrices,
Vers quels sites de chant et de divin exil,
Vers quels bosquets d'oubli, quelles rives propices !
Vers quels lieux embaumés de lents parfums subtils !

Vers quel azur courbé sur les plaines fleuries
Comme sur le sentier commun de riches rêves ;
Vers quel soleil ardent comme celui des grèves,
Et quelle source fraîche aux doigts de pierreries !

Vers quelle mer ! quels horizons ! quel infini !
J'ai guidé les pieds blancs de ma très douce amante :
Tu sais de quels sanglots ce cœur a retenti,
Et quelle est son ivresse, — aussi, son épouvante !

Ne me demande pas alors si je dédaigne
L'humble marchand qui pour vendre son porc, le peigne,
Ces courbés même n'ont la grandeur de l'ennui :
J'ai rêvé de brûler Paris dans une nuit !
Et je comprends Néron qu'outrageait la fortune,
— Et puis, le bruit confus de ces voix m'importune.

Car Elle seule, Elle... oh ! ses yeux mouillés qui brûlent!
Ses cheveux ténébreux roulent comme des ondes,
Les astres pâlissants devant son front reculent.
Sa voix a les soupirs et les sanglots d'un monde !

III⁰ Partie — (Eucharis)

Ce soir d'avril, épris d'une immortelle chose,
Fit qu'Elle vint à moi dans des senteurs de roses,
De frissons, tressaillante, et de clartés, baignée !
— Et j'ai laissé tomber, dans mon cœur, ma pensée.

— Vivants ! ne dites pas : « Son cœur, comme une étoile
Dans l'azur froid, n'est qu'une éternelle apparence.
C'est en vain qu'à ses yeux ta splendeur se dévoile ;
Que ta prunelle s'assombrit de ta souffrance. »

— Vous tous ! Mon cœur d'enfant porte telle blessure
Que les yeux sans éclat ne la verrait sans crainte.
Sachez ! l'Abime est moins ouvert au Mal qui dure,
— Mais je ne connais pas l'humble verbe des plaintes.

J'ai, dans la profondeur de ses yeux doux et sombres,
Projeté tels rayons de force et de tendresse,
Que les éclairs du ciel ne frappent tant les ombres,
— Et que j'ai peur obscurément des soirs d'ivresse.

Humanité ! reprends ton enfant dans ton sein,
Et repétris ce corps d'un plus flexible argile ;
Fais de ce cœur ardent un vase moins fragile,
Et couronne ce front d'un orgueil moins divin !

*
* *

Vaste et vague Nature, inconsciente mère !
Et vous, verte prairie, où la vierge, pour traire
La génisse au poil fin, mêlant pis et doigts roses,
S'étend, insouciante, au frais des fleurs écloses,
Et de lait écumeux emplit ses lourdes jattes ;

Rochers, lacs ! ô ruisseaux aux ondes cristallines
Où chante le plongeur, et la nuit, les ondines ;
Où trempent les enfants leurs lèvres écarlates ;
Où penche le narcisse blanc qu'un tremble voile ;
Où le pâtre qui siffle, à l'heure de l'étoile,
Abreuve son troupeau descendu des collines
Par des sentiers de sauge verte et d'aubépines ;

O bosquet ! j'ai rêvé d'habiter tes bras d'ombre ;
Plaine ! ton calme doux, forêt ! tes voûtes sombres,
Ou, silence ! ton sein, ton grand sein pacifique,
Parmi les roses d'aube et les pourpres des soirs.
— Mais l'Ignorance est morte, et sa paix spécifique.
Ne soufflons pas en vain sur de grossiers espoirs.
Pour baiser sur ton front, ô simplicité belle !
La pudeur de ton âme infiniment réelle,
Nous nous sommes vêtus de savoir orgueilleux
Et, par les grands chemins ouverts sous les grands cieux,
Évitant justement la poussière des fautes,
Nous sommes pèlerins vers les montagnes hautes !

* (1)
* *

Un soir de divine douleur, à l'heure grise
Où du ciel naît l'étoile et des terres, la brise,
Assis sous les palmiers qui sont vers Samarie,
Jésus dit : « Fils spirituel, Jean bien-aimé !
Vois-tu l'aube de fête ? » — Ils s'étaient isolés.
Les disciples, doux et rêveurs, suivaient Marie,
Le front léger, par le chemin blanc de la plaine.
Souvent, pour voir, en vain s'arrêtait Madeleine,
Et ses cheveux tremblaient comme une forêt blonde
— « Comme on jette un secret dans une âme profonde,
J'ai jeté, pour combler le dévorant abîme,
Mon cœur qui retentit avec un bruit sublime.
J'ai fait de ma pensée un ciel impérissable
Que les hommes auraient comme un temple d'érable!...
Mais j'ai l'obscure et angoissante prescience,
— Et c'est un cri sans fin dans l'absolu silence —
Que j'élève trop tôt des pointes vers les astres,
Et prépare au Futur d'effroyables désastres.
C'est pourquoi ce visage a la pâleur des neiges,
Et comment il est fait d'impassibilité. »

Et Jean sentit ses doigts mouillés des pleurs de l'Homme.

Ainsi, le cœur mouillé des pleurs de la Beauté,
Laissant aller dans l'accablant et même rêve,
La troupe humaine, — le flot sur la même grève —

---

(1). IIᵉ Partie — (les Parcs)

La Tendresse arrêtée offrant sa chevelure,
Sous les palmiers qui sont vers la cité qu'azure
La céleste splendeur des calmes amitiés,
Nous nous arrêterons par les midis altiers.

Mais nos temples, soudain dressés vers les étoiles,
Ne seront menacés d'un éternel blasphême.
Et sur leur noble front, matelots dans les voiles,
Nous chanterons, pacifiés, le dieu qui s'aime.

Car nous savons en nous le dieu saint, saint et saint.
Car nous avons brisé tes liens, Multitude !
Et Révolte de feu ! nous sortons de ton sein
Comme un cœur las des féminines servitudes.

Or, nous avons posé dans nos fronts, en silence,
Toutes les calmes fleurs de l'humaine science ;
Tressant avec amour des couronnes de fête,
Beauté ! nous les mettrons à tes mains satisfaites.

Beauté ! ton sein vaste est plus vaste que le ciel ;
Tes bras sont plus ouverts que les horizons vagues ;
Ton cœur est plus battant que les battantes vagues ;
Ton front plus doux que l'azur superficiel.

O Beauté ! comme les bois touffus aux collines,
Nous vous sommes prédestinés, comme les fleurs
Aux souffrantes amours, ou l'espoir, au malheur,
— Et nous sommes vers vous une flamme divine !

Et vous êtes la sainte Humanité divine,
Au-dessus du chaos ténébreux des humains.
Et les rêveurs d'en bas qui vous tendent les mains
Iinvoquent vainement un front qui ne s'incline.

Par des chemins de clairvoyance et de justice,
Nous allons à grands pas vers les hauteurs propices ;
Vos doigts vierges ont fait, dans la nuit épaissie,
Un long signe de feu dont la trace est visible.

Et nous allons à Vous d'un cœur incorruptible,
Beauté ! doux fleuve d'ambroisie, — oh ! l'ambroisie,
Que, dans leurs dieux, goûtaient les radieux Hellènes,
Qu'elle coule à longs flots ! et que, perdant l'haleine,
Nous la buvions, ainsi qu'eux tous, jusqu'au vertige !
Jusqu'au vertige saint, bel oublieux de l'heure,
Qui porte dans ses mains pudiques le prodige :
Tel, le front, l'Idée, enfant des hautes demeures !

C.-M. Savarit.

LA BEAUTÉ

LES PARCS MORTS

LES DIEUX HABITÈRENT COMME MOI LES FORÊTS, AINSI QUE PARIS ISSU DE DARDANUS. QUE MINERVE AIME AUSSI LE SÉJOUR DES VILLES, ELLE QUI LES A BÂTIES ; POUR NOUS, NOUS PRÉFÉRONS LES FORÊTS A TOUT AUTRE SÉJOUR.

(Les Bucoliques, Églogue II.)
VIRGILE.

LE LIVRE PROPHÉTIQUE

(II· PARTIE.)

XXXVII. — Alors le Poète Roi s'exila volontairement des Cités d'Orgueil ; ses yeux avides de conquête cherchaient la Beauté. Il marcha longtemps sans la rencontrer, puis, par un jour mourant, il la trouva, agonisante au fond des Parcs que, déjà, désertaient les Cygnes.

XXXVII

Le Parc, au clair de lune agonisant, offert
    Comme une Vierge chaste aux baisers de l'Epoux.
Déploie en s'étalant et son torse et sa chair,
Rêvant l'étreinte blanche et nocturne à son cou ;

Les frais gazons tachés des soleils des Midis,
D'ombre fugace empreints et rouillés de lumières,
Suscitent, dans la nuit, les glaives de jadis
Sous le froid de l'Étoile aux menteuses crinières.

Et les Astres brûlés aux faces du miroir
Des Lacs, ont trembloté leur agonie ardente . . .
Ils ressusciteront dans la clarté des soirs
Pour qu'en nos yeux éteints l'essaim des astres, chante.

Des flots errants baignent les reflets des grands arbres,
Et des Vents, en caresses, ont jailli les brises
Rafraîchissant le geste et le profil des marbres
Épars au clair de lune en le parc qui se grise.

Un chœur de sources tinte au cristal de la roche,
Dans l'amphore qu'un dieu d'airain jette au bassin,
Et le Lac ébranlé recueille un chant de cloches
Qui va pieusement s'engloutir dans son sein.

XXXVIII. — Et le Poète-Roi, ayant croisé une
troupe de Cygnes qui s'exilait pareillement, il
chanta leur gloire, mais son chant était triste, car il
se souvenait des Martyrs tombés qui portaient aussi
des poitrails de cygnes.

XXXVIII

Les lys ont parfumé la pudeur de vos ailes
Où le nuage blanc s'est reposé sur vous ;
Un ciel immaculé a bleui vos prunelles,
Et la beauté vous ceint de son azur jaloux.

Sur le profil des lacs glissant comme une aurore,
L'éblouissant poitrail creuse les flots errants ;
Du sein des eaux jailli comme une chaste amphore,
Vous labourez les lacs de sillages mourants.

Votre corps en vaisseau, vos deux ailes en voiles,
Vous cinglez ébloui vers l'idéal rivage,
Et le soir prophétique illumine d'étoiles
Ces yeux peints pour la rêve et faits pour les mirages ;

Vous nagez en rêvant de Cités irréelles,
En frôlant une terre où l'on tua des cygnes,
Mais vos yeux lourds de joie et de grèves nouvelles
Ne voient ni les dangers ni les rives indignes ;

Des nénuphars couchés indolents sur les eaux
Vous offrent en îlots leur torse de chair verte,
Et vous vous caressez au front bleu des roseaux,
En lissant votre robe de neige couverte ;

Votre col héraldique en effleurant les saules
Se courbe sous le poids de la larme éternelle,
Et vous les ombragez des regards qui consolent,
Car vous avez le cœur de vos sœurs tourterelles !

Vous fuyez, désertant les lacs et les étangs,
Pour oublier le chant de la douleur des êtres,
O blanc Cygne aux yeux d'or vers qui le mal se tend,
Et qui vous révoltez pour ne pas le connaître !

Mais quand l'éternité se tuera dans vos yeux,
Regretté seulement des ondes et des fleurs,
A l'heure où vous rendrez un peu d'azur aux cieux,
Vous l'agoniserez, le chant de la douleur !

XXXIX. — Et il se souvint aussi des foules hurlantes, des traîtres, des mauvais cœurs, qui mirent à mal son Rêve, — et il blasphéma le Passé, puis, selon une Prophétie, il se sentit grand, étant seul.

XXXIX

La belle indifférence et l'amour de mes rêves
    Plaisent plus à mon cœur que les tournois du temps;
Je vois des peuples blancs qui contre moi se lèvent
En crispant leurs poings durs et secs de combattants.

Mais, mon mépris hautain a fait naître la trêve,
Et je n'ai point rugi mes cris haineux d'antan ;
J'ai pris, dans le vieux parc, la route large et brève
Où va mourir le Cygne qui connaît l'étang.

Et, maintenant, bien seul, content des solitudes,
J'écoute la rumeur sanglante des vivants
Qui monte, et que m'apporte, en bondissant, le vent.

Et je ris — car la Foule est atroce — et mes yeux
Hantés de l'irréel désir, sondent les cieux
Où j'élève un Palais dans ma forêt de rêve.

Honte à ceux qui, en parlant d'appel au peuple,
savent bien qu'ils ne font appel qu'à l'imbécilité.
(L'Avenir de la Science). — ERNEST RENAN.

Je suis le plus grand parce que je suis le plus seul.
                    IBSEN.

XL. — Et dans l'ombre, il vit d'antiques marbres
que les chênes dieux abritaient de leur orgueil, et,
comme il regardait ces yeux, blancs des pures
légendes, il lui sembla que les lèvres mortes des
statues voulaient parler. Alors, pour entendre les
voix qui ressuscitaient en son honneur, il s'étendit
au pied d'un socle que couronnait Apollo, et
s'endormit ayant un peu de mort en lui, et
                              Pan chanta :

XL

Mes yeux de mes printemps ont suscité des roses,
  Et je fus couronné de pampres et de menthes
Pour cueillir les chansons aux lèvres des amantes,
Visiteuses des parcs aux frontons bleus et roses.

Je sais l'antique charme où s'abreuvaient les yeux,
La Jouvence éternelle a pris source en mon cœur ;
Et le secret d'aimer qu'ont murmuré les dieux :
Je l'ai lu sur l'aile de deux colombes sœurs !

J'ai fait ressusciter les cantiques de joie
Que recelait le Parc en ses vieilles fontaines ;
Et la vasque où se baignaient les Nymphes, ondoie
Sous le jet d'eau jaspé de sauge et de verveine.

Les Muses viennent boire avec leurs mains en coupes,
Et s'eloignant dans le taillis mauve et nocturne,
Elles chantent des vers en effleurant les groupes
Qui portent sur l'épaule les anses d'une urne.

Les cygnes aux yeux d'or en désertant les eaux,
Sont venus m'apporter la palme et le roseau ;
Les saluant — j'ai vu qu'ils gardaient en leurs yeux
Les mirages sacrés de ce qu'ont vu les dieux.

Au clair des marbres un rossignol a chanté,
Et ma flûte module, aux trilles de sa voix,
La berceuse nocturne au sein du soir d'été,
Qui languit et se meurt sur la cime des Bois.

Les fleurs m'ont révélé les parfums de la Nuit,
Mûris pieusement au soleil des Midis.
J'ai vu des astres blancs qui s'accrochaient aux buis,
Et l'ombre s'affaler sur les gazons grandis.

O vieux Parc délaissé, nourri de hautes herbes,
Meurs glorieusement par une nuit sans astre !
Perdu — hors ma Mémoire où tu giras superbe —
Parmi les fleurs que rouille un vent lourd de désastres.

LA NYMPHE chanta :

Je suis l'antique Nymphe aux yeux de vétusté,
Notre-Dame des Parcs, errante sur les marbres ;
Aux vasques de jadis, tremblaient des voluptés !...
Je suis l'antique Nymphe aux yeux de vétusté.

Des soleils ont brûlé mes yeux, malgré les arbres !

Les rapsodes du Temps, les brises et les vents
Ne viennent plus charmer mes humides Sirènes,
Les guitares des nuits n'ont plus rien d'émouvant,
O rapsodes du Temps, brises frêles et vents,

O musique des soirs frôlant le cœur des chênes !

Les Cygnes aux yeux d'or ont déserté les eaux,
Et le lac, que paraient des gondoles de fête,
Croupi, vert, taché de flaques sous les roseaux,
— Je n'entends plus le chant des cygnes en défaite !

Les Cygnes aux yeux d'or ont déserté les eaux !

Ah ! qu'importent les jours que tissera l'aurore,
Les jets d'eau sont montés pour la dernière fois
Vers le soir prophétiqne.
                    Et je me remémore !
Aux fontaines d'airain j'irai porter l'amphore,
La fontaine a gardé les reflets d'aatrefois.

Et le GAZON sur lequel il sommeillait chanta :

O Soleil ! Éternel bourreau de nos Printemps,
Puissent tes haches d'or s'enhardir dans les Ombres,
En pénétrant au sein du multiple Présent
Qui se dérobe à ta clarté, dans la pénombre.

*
* *

Ma chaste marguerite aux corolles neigeuses,
Tremble sous ton regard, aux pieds des marbres blancs ;
Et la brise ne vient qu'en rare visiteuse,
          Baiser les cœurs tremblants
          Des marguerites oublieuses.

Seuls, mes coquelicots casqués de rouge écharpe
Ont lancé fièrement leur crinière à l'azur,
Comme si dans l'azur au bruissement des Harpes
Des révoltes tonnaient en un tourbillon sûr.

Le Ciel s'est reposé sur l'aile des bleuets,
Et leurs seins s'offrent frais à tes caresses fauves.
— Les vents aux vols rapides passeront, muets —
Car les bleuets se sont cachés dans mon alcôve.

*
* *

Meurs, par delà les monts, glorieux et sanglant,
Toi qui me mets au front le hâle énigmatique ;
Et qu'arrive le règne des Astres, brûlant,
Dans les Azurs vieillis, en feux mélancoliques.

La nuit me couvrira de ses orfèvreries,
Et dans nos hauts cheveux, des vers luisants luiront
Avec l'éclat tombé d'une Lune aux prairies,
Parmi les pâles fleurs où nous resplendirons.

L'Ombre s'écrasera sur mes parterres d'or,
Enveloppant de soir les feuilles enlacées ;
Et quand l'épiscopale et matinale Aurore
Chassera dans le ciel d'amoureuses pensées,

Mes feuilles et mes fleurs étreintes et pressées,
Joncheront ma pelouse où les tua ton or.

Et quand il s'éveilla, LA FORÊT murmurait :

Les chênes invités au recueillement blanc,
Avaient noué d'ombrage au cœur rugueux des troncs
La ceinture des feuilles pendante à ses flancs :
Quand le vent emboucha son triomphal clairon.
La brise d'un doigt d'air faisait vibrer les feuilles,
Comme si dans l'espace erraient de douces violes,
Et la lune attendait qu'une nuit lasse accueille
L'accolade nocturne et la caresse molle.

Des saules répandant les flots de leurs cheveux,
Pleuraient tragiquement dans les sources des Bois.
... D'une lèvre là-bas, devaient surgir des vœux :
Car, dans le soir tendu, s'abritèrent des voix !

Les feuilles de bouleaux fiançaient en couronne
Leurs froissements métalliques, comme un bruit d'armes.

Comme un sanglot hâtif d'un cœur vide, à l'automne,
La Forêt murmurait plaintivement ses charmes.

XLI. — Mais à l'automne les feuilles tombèrent,
er le Poète-Roi dit la dérision de toute vie.... et il
clama dans le vent jauni : « O Parc, je m'en vais
voir l'ombre que tu devins (1) | »

XLI

L'effleurement rouillé des branches hivernales
   Qui vivent, par l'azur dernier de nos Étés,
M'arrache le visage et j'ai la volupté
D'un malade, qui n'attend plus que les rafales

Pour partir, emportant avec lui sa grande Ombre ;
Compagne insaisissable errante sous ses pas,
Qui garda le secret muet de l'acte sombre,
Complice indubitable et qui ne trahit pas !

L'Ombre de l'arbre, et l'ombre impure de moi-même,
Ont connu tous les verts lauriers, en diadème,
Et les Fleurs, et la Vie, et les très doux parfums !...

— L'Arbre mort berce encore un long reflet défunt ! —
Moi, hâleur que je suis, je traine, monotone,
Mon Image ennuyée — et qui, sitôt, s'étonne,
D'avoir un cœur si las de compter les Automnes !

---

(1) S. Mallarmé.

XLII. — Le Poète Roi murmura des mots de souvenir, car la vie était en lui, — le décor était le même, — et ses lèvres n'avaient pas désappris le Passé !

XLII

Quand la Nuit recueillie aura versé son urne
Pleine d'ombre glisseuse et de silence éteint,
Tu ressusciteras les Amantes nocturnes
Qui, lascives, reviennent des jadis lointains,

Et sous le murmurant balancement des cimes
Qui crispent leurs rameaux vers les Azurs tiédis,
Nous passerons, muets, dans une étreinte intime
Rescellant en nos yeux l'or des futurs midis.

Et pour nous rappeler aux puretés insignes,
Les marbres tacheront les ténèbres de gestes
Blancs, comme la voilure hissée aux reins du Cygne.

Pan, qui cherche en le Parc la dernière Naïade,
Galamment, embouchera sa flûte céleste,
Pendant que je dirai quelque ancienne ballade.

XLIII. — Mais dans la résurrection des Autans,
le poète se sentit trouble, car il pensait à la mort
irrémédiable des Choses.

XLIII

Au sillage ondulant et puéril des Cygnes,
   Dans toute la beauté d'une gloire incomprise,
Va le Cygne au cœur blanc dont les ailes méprisent
Les vents pointus et sûrs qui s'érigent en dagues.

Octobre maigre et jaune aux yeux mélancoliques,
Sur la grève déserte accroche les Automnes
Aux arbres dénudés, agonisant en piques,
Sous le soleil qui peine au parcours monotone ;

Triomphe fugitif que l'Éternité sonde !
Le Cygne, la tête enfouie au creux des ailes,
Tranche d'un poitrail sûr l'acier mordant des ondes!

Un ciel laqué d'agathe et dérisoire, rôde,
Ensemençant le lac rubissé, d'étincelles...

Le Cygne, en vaisseau, nage en robe d'émeraude.

XLIV. — Mis en présence des luttes incessantes des ombres contre les clartés, le Poète-Roi comprit que les faibles seraient éternellement contre les forts, et que, seul, avait régné, régnait et régnerait le Néant-Triomphateur

XLIV

I

Aride, en la clarté transparente de l'Astre,
    L'ombre vindicative et rebelle ne bouge ;
Éperdûment, surgit en faux, comme un désastre,
La Toison d'un soleil implacablement rouge.

II

Allumant les festons aux Temples, dans la nuit,
La guirlande de feux danse magiquement,
— L'Ombre s'étire, encor grandie, immensément, —
Solitaire traîneuse aux formes qui se fuient.

III

Hideuse obscurité boit aux lèvres du Jour ;
Sa ligne violée, avec langueur s'affale,
Comme une Nymphe noire en proie au mal d'amour.

IV

Mais, rugueuse, accrochant ses griffes à la terre,
Orgueilleusement, devant la clarté qui râle :
Triomphe l'Ombre aride aux gueules du Mystère !

XLV. — Et dans un palais abandonné, le Poète
s'offrit la joie de boire en des coupes ciselées.

XLV

Comme en des vitres d'or assoiffées de l'azur,
    Reflétant le jardin de nos béatitudes,
Un oubli tremble encore au fond du cristal pur
Qui dresse, telle l'urne, une courbe attitude.

Et des ombres ondoient au revers des carreaux,
Glissant — comme une barque amoureuse de vagues
Sous les sapins pointus, — tels on voit des Héros
Qui menacent les crépuscules de leurs dagues.

Et se noie, au miroir agonisant des coupes
Qui parsème la nappe aux puretés insignes,
Le frêle essaim sculpté des marbres blancs, en groupe,

Qui désigne d'un geste étincelant, le Cygne
Perdant, sous l'œil sévère et caché des roseaux,
Les gouttelettes d'or, puisées au cœur des eaux.

XLVI

 l'horloge où peinant, l'aiguille accroche douze
Dans la sérénité des Heures accomplies,
Voici qu'un soleil mauve vient hâler la pelouse
Et mettre un reflet d'or aux rouges panoplies.

Les marbres revêtus d'ombres rapetissées
Et brûlés des clartés du triomphal Midi,
Ont gardé de la grâce en leur robe plissée,
Jetant un geste sûr de leur socle verdi.

Le Cygne qui fermait ses ailes et ses yeux
Tend le col, et rouvrant ses paupières de nuit,
Chante splendidement le cri qu'il lance aux cieux ;

Comme une fleur d'Aurore épanouie en rêve
Le Parc s'étale, clair, comme au temps des minuits
Où la Lune — un croissant d'argent au front , —se lève

XLVII. — Mais s'étant levé, il vit dans l'Horizon
une armée de bûcherons qui abattaient les chênes,
et des hommes qui mettaient en poussière les ruines
de fastueuses époques.

Et le Poète pleura amèrement la Mort de la dernière Beauté.

XLVII

idi, *par les Volets ouverts comme des yeux,*
   Sur le Parc, où s'affale en tas, l'or blanc des cieux,
Le bûcheron avec un geste de désastre
A tombé le haut chêne qui mordait aux astres.
— Depuis que le poitrail auguste de l'Oiseau
Ne tranche plus la vague errante au ras des eaux —
Voici que les grands lys — les lys d'or — ont croulé
Sous la serpe d'acier de deux grands bras hâlés.

Encor : Voici qu'au loin où jadis tous les marbres
S'alignaient dans l'allée à l'ombre des vieux arbres,
Le semeur minuscule aux flancs des Horizons
Jette avec un défi la graine des Saisons.

Là-bas : pierre sur pierre, et pour linceul, des herbes,
Gît la tourelle morte —
                          Hier, droite et superbe,
Elle montait encor au triomphal éveil
Vers les azurs rouillés d'étoiles, de soleils.

. . . .

Des Peuples sont venus, avides de tueries,
Ils ont assassiné les Parcs fous de prairies !
Et, des amas de marbre et de terre, — a monté
Comme un encens, — le cœur des dernières beautés,

Mais, hélas ! ICI-BAS est maître, sa hantise
Vient m'écœurer parfois jusqu'en cet abri sûr,
Et le vomissement impur de la Bêtise
M'oblige à me boucher le nez, devant l'azur.

               (S. MALLARMÉ).

XLVIII

XLVIII.— Et des voix mauvaises et blasphématrices
lui cognèrent au cœur, et ces voix l'engageaient au
retour définitif vers les Villes.
    Et le Poète Roi se chanta tristement à lui-même :

Ne vous semble-t-il pas, mon âme misérable,
   Qu'une foule a crié sur votre orgueil étrange,
Et qu'un exil vous guette aux portes des Cités,
Et qu'un blasphème vil accueille les décrets
Que murmure le siècle épris de la Beauté ?

Ne vous semble-t-il pas, mon âme misérable,
Qu'un frivole parfum erre autour de vos nimbes
Et que l'ombre se rit dans le désert secret
Et que vous n'atteindrez jamais cet horizon
Fait du sable altéré des pas vils de balourds ?

Ne vous semble-t-il pas, mon âme misérable,
Que vous êtes une aile attachée à ma chair,
  Que le doigt d'un esclave a désigné vos Rêves,
Et que ma lèvre fière, — hérault de vos pensées —
Fut meurtrie à des crocs, épouvantablement ?

Ne vous semble-t-il pas, mon âme misérable,
Que les feintes amours de vos sœurs que j'exile,
Ont pour vous l'efficace et merveilleux silence
Qui fait qu'un Sang épris de longs bannissements
Se crée une Cité intérieure et sûre ?

Ne vous semble-t-il pas, mon âme misérable,
Que mon cœur orgueilleux s'insinue à souhait
Dans la sérénité mirifique des Temps,
Et que ce Temps banal a nourri de son lait
Votre enveloppe fière, inflexible — mais belle ?

> *Volupté : cependant, je veux avoir une haie*
> *autour de mes pensées et aussi, encore autour*
> *de mes paroles — afin que les porcs ne s'in-*
> *troduisent pas dans mes jardins.*
> (Also sprach Zarathustra). — (F. NIETSZCHE.)

XLIX. — Puis le Poète Roi connut' pour la seconde fois la douleur de l'exil !
Sans colère il éleva sa voix en faveur de la Beauté tuée, qu'il salua, et cette voix troubla l'éternité.

XLIX

Quand les lilas courbaient leurs grappes vers la terre :
Sous le portail fleuri de ronces et de mousses,
J'ai tressé la corbeille aux écussons de lierre,
Et l'ai chargée de fleurs d'ombre — comme une housse —

Quand les lilas courbaient leurs grappes vers la terre !

Quand les étangs songeaient dans leur vert infini,
J'ai brisé — d'une pierre — un peu de leur miroir
Pour offrir mon image au sein des eaux ternies,

Des Nymphes me suivaient tordant le luth du Soir
Et couronnaient le front d'Apollo, de lys noirs !

Une nuit s'allumait sous le vol des étoiles
Qui m'éclairaient la route obscure des exils ;
L'ombre se faisait douce et déchirait ses voiles
Et les marbres semblaient me pleurer ; de profil !

Un Cygne se mourait loin des fontaines mortes !
Et ses ailes souillées battaient l'air, tristement...
Quand il chanta — mon âme en palpita longtemps —
Je sentis dans l'azur un cœur blanc qu'on emporte.

J'ai vu crouler l'airain de la dernière porte !

O Vieux Parc délaissé, nourri de hautes herbes,
Meurs glorieusement par une nuit sans astre,
Perdu — hors ma mémoire où tu giras superbe —
Parmi les fleurs que rouille un vent lourd de désastres.

Que l'aube offre au Levant ses corbeilles d'été,
Mes mains hautes d'appel troublent l'éternité !

L'AMOUR

EUCHARIS [1]
(Le Cœur Victorieux)

UN HOMME SAGE NE SE LAISSE GOUVERNER
NI NE CHERCHE A GOUVERNER LES AUTRES :
IL VEUT QUE LA RAISON GOUVERNE SEULE ET
TOUJOURS.

(Le Cœur) LA BRUYÈRE.

---

[1]. Cette récitation fut mise sur la scène le 29 décembre 1894,
avec le concours de : Mᴸˡᵉ Nina Béraldy (Eucharis), Mˡˡᵉ Jeanne
Durand (Calypso), Mʳ Marcel Deslouis (Télémaque). La sympho-
nie était de Mʳ Mestre.

Nous dédierons longtemps nos Gestes à la Lune
(Le Geste ingénu) René Ghil.

Prélude — à *Jean Moréas*.
Hymne au souvenir — à *Lucien Descaves*.
Invitation prophétique — à *Laurent Tailhade*.
Au vert mourant des mers — à *Francis Viélé-Griffin*.

Récitation en 2 parties

PERSONNAGES :

Eucharis (La Vieille Humanité).
Télémaque (Le Poète Roi).
Calypso (La Grâce et l'Amour).

LE LIVRE PROPHÉTIQUE:
(ÉPILOGUE)

I. — Le Poète-Roi chassé des Parcs massacrés rencontra sur la route une femme, belle sous le fard, qui l'engagea à reprendre le chemin des Villes — Et elle le tenta, car elle était la vieille Humanité, l'éternelle Calypso.

II. — Mais le Poète dédaigna cette prostituée, car il réservait son cœur royal à d'autres destinées

III. — Et l'Enfant farouche s'éprit peu après d'une Vierge qu'il baptisa du nom d'Eucharis, car elle était l'éternelle Grâce et la Vivante Beauté. Et leur race fut forte, car les Races de Rois n'engendrent que des Races de Rois.

Et les races d'amour n'engendreront éternellement que des races d'amour, de même que les races d'esclaves n'ont jamais engendré que des races d'esclaves.

EUCHARIS

(I)

Un paysage antique — au loin, la mer — Midi.

CALYPSO — LE POÈTE ROI

CALYPSO couchée sur un lit de fleurs

Vers tes mains fileuses de caresses troublantes,
Mes bras se sont tendus en geste triomphal,
Plante dont un Aïeul fut l'ombre bienfaisante
Et qui se sent renaître à ton charme royal ;

(I). Prélude.

Les délices laissaient en mon cœur un parfum
De clair passé, que tu ressuscites en toi,
Et des bouquets d'aurore ornent mes yeux défunts
Qui palpitent, comme une aile, à ta jeune voix ;

Une mer bondissante a rendu ta beauté,
Héros dont l'effigie est de mon cœur chérie ,
Je cueille à ton regard un peu des voluptés
Que châtient, en douleurs, d'anciennes rêveries ;

La Grotte où succomba ma divinité chaste,
Parée ainsi qu'un temple, a gardé le secret
D'une empreinte adorée, et mon cœur est trop vaste
Et voudrait contenir l'Image et le Reflet,

Si, tel un jeune dieu d'Olympes éblouis,
Tu ne m'avais domptée en ta grâce orgueilleuse ·
— L'Ombre vaine d'un Cœur pieusement s'oublie
Et meurt, comme un départ d'antiques visiteuses.

Ah ! que n'ai-je gardé la cuirasse des dieux !
Eros, tu peux jeter tes flèches dans les ondes
Et t'enfuir dans l'azur déchiré par mes yeux,
Héritier monstrueux des horizons du monde.

Las ! les flûtes que Pan creusait dans les roseaux
Ont su ravir l'humaine égarée en-ces Terres ;
J'ai pleuré le héros enamouré des eaux
Que charmait la Sirène aux chansons de mystère,

A l'ombre du haut Temple où s'égarent les Pâles,
J'ai rencontré la Vierge avec l'amphore vide ;
Ses yeux ardents et lourds avaient percé l'opale,
Et la soif d'inconnu séchait son cœur avide.

Que n'ai-je su prier la Sœur hautaine et blanche,
L'Errante Blasphémée au dur poitrail de Cygne
Dont la tendresse rôde et tombe en avalanches
Parmi les azurs froids des longues nuits sans signes.

Mon Image s'absente aux yeux de tout mortel
Qui m'aima. Ne suis-je pas la grande Oubliée ?
Et pourtant je suis faite avec la fleur du ciel,
Mais la terre amoureuse à l'Ile m'a liée.

Ton casque d'or allume à mes yeux tout un Rêve
Qui flotte éperdûment autour de tes cheveux :
Aussi, je viens t'offrir dans mes troublants aveux
Ma beauté radieuse, écumante de sèves.

Ployée ainsi qu'un arc vers tes fougueux printemps,
J'aspire à te verser la coupe des plaisirs,
Car tu fus évoqué dans mes amours d'antan,
Et j'ai brûlé pour toi d'un éternel désir.

Prisonnier de ma joie avidement vaincu,
Pour liens mes doux bras enchaîneront tes bras ;
Aux sourires des Fleurs ton cœur aura vècu,
Éteint doucement dans la fuite de mes pas.

Tes lauriers pâliront étouffés sous les roses
Que je t'apporterai sur mes deux seins pressées,
J'éveillerai tes yeux rougis d'aubes écloses
Dans l'attente de l'heure ardemment caressée.

A mes tempes les fleurs immortelles des dieux
Me prédirent pour toi des lauriers héroïques,
Ta gloire effacera la gloire des aïeux
. . . Si mes vœux n'ont brisé ton destin fatidique.

(II)

LE POÈTE-ROI, qui avait écouté impassible, se reporta au
temps heureux de l'enfance.

Les rouets qui pleuraient le départ ont tourné
Tristement, évoquant les tendresses défuntes ;
Que ne suis-je passé comme l'Infortuné
Dont je porte à tes yeux la malheureuse empreinte ?

Ah ! Mère, tissez-moi des tuniques de lys,
Je vous veux revenir avec un cœur sans tache,
Je veux que ma tendresse enfouie en mes plis
Ne tombe pas comme un fruit mûr qui se détache.

Je sais qu'un vague trouble effarouche mes yeux,
Que je souris à celle-là qui me sourit,
Je sais aussi qu'une âme est fière de ses dieux,
Que vous êtes, Déesse, un mirage inflétri.

_____

(II). Hymne au souvenir.

J'ai laissé dans des yeux qui me sont maternels
La sauvage pudeur qui me préservera ;
Hélas ! je ne suis pas le héros immortel
Qui, sous mes traits enfantins, jadis, vous leurra !

Mon cœur vierge va-t-il sombrer dans votre cœur ? . . .
Puis-je éteindre en vos yeux la hantise d'un rêve,
En jetant sur ma face une ombre de douleurs ?
— Je sais aussi la route où s'agite la grève !

Vous qui parlez de gloire et qui venez m'aimer,
Sachez qu'un glaive est mort... qu'une fleur m'a tué,
Et que vos charmes ne sauraient me désarmer,
Étant l'unique amant au Songe habitué.

J'assiste indifférent aux luttes de ma vie,
Et les dieux, froissés de mon dédain, me font vivre ! . . .
C'est pourquoi je redresse une tige asservie,
Et que je hais le vent qui veut que je délivre !

Mon Cœur qui doit aimer, mûri par la bonté,
S'épanouira demain comme une fleur des bois,
Et je saurai qu'aimer est une vérité
Que j'ai toujours connue en la portant en moi.

L'Acte a fait resplendir l'orgueil de mes Pensées !
C'est pourquoi mon Amour rayonne sur mes pas,
Et que je vais sans haine aux routes délaissées,
Sachant que les dieux forts ne m'écouteront pas. . .

Vous, dont le souvenir triomphe de l'oubli
Et qui n'aimez en moi que l'évocation,
Pleurez ! à votre voix mon cœur n'a pas molli :
Car nous sommes l'un pour l'autre des visions !

DEUXIÈME PARTIE
(III)

Mème Décor — La Nuit.

LE POÈTE-ROI — EUCHARIS

LE POÈTE-ROI enlaçant Eucharis.

La Lune s'est blottie au creux des sources claires
Et protège nos pas, allongés par nos ombres ;
Et la Lampe des Nuits vaguement nous éclaire,
Plongeant ses reflets d'or au fond des ravins sombres.

Les arbres enlacés vont s'aimer, par un soir
Nuptial et rempli de caresses ardentes ;
Les sillons vont germer des fleurs roses d'espoir,
Et nos yeux vont mirer l'étoile qui les hante.

Toi, dont les liens d'or ont engerbé mes bras
Et qui te soulevas sur les orients blêmes,
Présentant au couchant qui mourait sous tes pas
Mon Cœur, que nia tout un peuple de blasphèmes,

Je tresserai ta palme où fleurit ton front clair ;
Et, pour me couronner du triomphal éveil,
Tu prendras le laurier impérissable et vert
Que la Rosée apporte en ses mains de soleil,

(III) Invitation prophétique.

Ton Cœur que la nuit claire enguirlande de blanc
Et qui s'offre au matin glorieux de mon rêve,
Que je sache l'étreindre et le brandir, tremblant,
Comme un trophée auguste de croyant, qu'on lève !

Reine d'un soir timide où s'envola l'étoile
Sous les souffles errants des blondes mers d'été,
Voici qu'une tempête a roulé dans les voiles
Que gonflait une brise de tranquillité.

. . . .

Lève ton geste blanc qui suscite l'aveu
Vers le bouquet de nuit que brodent, une à une,
Les fileuses étoiles aux rouets des Lunes...
Pour que s'accroche un astre au clair de tes cheveux.

Prophète virginal des Fleurs qui s'ouvriront,
Ton cœur me fut prédit par mon Aube sacrée :
Je sais que nos Amours divines jailliront
Comme un Soleil nouveau d'une cime dorée.

Sur les cordes du luth amoureux de ma voix,
Je t'ai chantée. — Et voici que tu m'apparais,
Pleine de mon vieux rêve éblouissant en toi,
Fleur aux corolles d'or dont le cœur s'offre, frais ;

Toi dont l'âme s'est liée à mon âme frêle,
Exempte du désir de m'aimer redouté,
Puissent les colombes nous apporter des ailes
Qui déroberont à tous les yeux, ta beauté.

Puisque tu crois en moi sans m'avoir reconnu,
O Vierge ! et que tu vins confiante en mes mains,
Que tu sus saluer le poète venu,
J'abriterai ton ombre au delà des Chemins.

Je sais que je te suis immortel. — Et l'Aurore
Couronnera ton front élu de palmes vertes ;
Aux sources de ton Cœur j'irai porter l'amphore,
Pour en désaltérer mon âme découverte.

Tu sais que par l'amour on peut sauver les Hommes,
Qu'il suffit qu'une déesse vienne à leurs yeux,
Pour qu'aussitôt se tue en nous le dernier somme :
    Victorieux :
Azur pacifié, qu'as-tu fait de tes dieux ?

*
* *

L'Éternité vivante est tombée en nos cœurs,
Puisqu'à jamais nos yeux verront mourir les fleurs.

(IV)

EUCHARIS :

Au rocher qu'ont lavé des reflux incessants,
Je me suis reposée languissante d'attente,
J'ai sondé le ciel noir qui sur la mer descend,
J'ai respiré la nuit qu'aucun amour ne tente.

(IV). Au vert mourant des mers.

Soumises, par essaims, les vagues sont venues
Adorer mes pieds blancs faits pour les mousses vertes,
Je me suis dévêtue au clair fondant des nues,
Éparpillant mes yeux sur les grèves désertes.

Voici, — je reposais mon cœur triste aux clartés
Qui mouraient sur le sable avec avidité,
Et je n'espérais plus que le néant des choses !
Déesse, incitatrice de métamorphoses.

Orgueilleuse, j'ai pris le royaume des soirs
Qui s'affale, immortel, sur les terres marines ;
J'aspirais ta venue et dans les vents d'espoir,
Ton Image flottante, errait, blanche et divine.

O Poète royal, dédaigneux et superbe,
Je t'apporte mon Cœur tout vierge de beauté,
Et je veux avec toi retourner vers les herbes,
Dont mon cœur ennuyé lassait toute clarté.

Toi dont l'approche est belle au cœur qui ne chanta,
Je t'ai créé avec la joie éparse en moi,
Et t'ai vêtu du bleu de mes yeux, que hanta
La pureté des lacs épris des Cygnes-Rois.

Et tu fus l'aquilon du virginal désastre
Qui fit sombrer mon cœur en ton cœur insulté,
La grande fleur qui monte en l'azur, vers les Astres
Radieuse d'avoir connu l'Éternité.

Gardienne du Mystère auguste des destins,
J'ai tressé la guirlande au front ridé des Normes,
J'ai cueilli l'or des lys aux clartés des matins
Qui trainaient leurs toisons aux flancs des bois énormes.

Au fronton d'Avenir j'incrusterai les noms
Des cœurs qui sont en moi frappés en effigie,
En dussé-je bâtir de nouveaux Parthénons
Et faire de limon une œuvre de magie.

Tâtonne des Soleils dans les Obscurités,
Marche sur le chemin sans voir ce que tu marches,
Tu rencontreras l'or triomphal des Étés
Qui tremblent vainement aux festons de nos arches.

*
* *

A présent que la Terre a fait jaillir mon rêve
Pressenti dès l'Aurore aux flots mouvants des grèves,
Puisè-je pour toujours fixer l'or qui se lève,
Et léguer aux humains orgueilleux et superbes

Le Lien frêle et doux de nos deux cœurs en gerbe,

Afin d'éterniser la splendeur de leur Verbe.

ACHEVÉ D'IMPRIMER LE
15 NOVEMBRE 1895 POUR LA
BIBLIOTHÈQUE DE L'ASSOCIATION
PAR J. LAFFAILLE
44, RUE DE BAGNEUX, MONTROUGE-SEINE

BIBLIOTHÈQUE DE L'ASSOCIATION

Le Voile de Flamme, nouvelles poésies de Madeleine Lépine, avec un portrait de l'auteur, et une composition hors texte de *Victor Koos*
Chaque ex., simili-hollande 3.00
» » » couverture carte, ex. de 1 à 25 5.00
Le Pain qu'on Pleure, poésies de Michel Abadie, avec une préface de *Fernand Clerget*, La Renaissance poétique, et un dessin de *F. A. Cazals*. Chaque ex., éd. de luxe (tirage restreint) 3.00
Économie politique populaire, **Le Crédit**, *les Banques, la Banque de France*, par G. Darlot 2.00
La Mutualité et la Prévoyance a travers les Siècles en France, par Henry Dupont et Edmond Arrighi, **Les Origines**, premier fascicule 1.00
(L'ouvrage sera complet en 8 fascicules, publiés mensuellement)

A LA MÊME BIBLIOTHÈQUE

La Bien-Aimée, premières poésies de Madeleine Lépine, préface de *Léon Deschamps*. . . . 3.00
Les Chansons Colorées, poésies, par André Ibels, couverture de *H. G. Ibels*. 2.00
Le Mendieur d'Azur (très rare), par Michel Abadie 1.50
Sanglots d'Extase (rare), par Michel Abadie, avec portrait de l'auteur. 3.00

www.ingramcontent.com/pod-product-compliance
Lightning Source LLC
Chambersburg PA
CBHW051149260626
47170CB00005B/2028

* 9 7 8 2 0 1 9 6 1 5 4 6 8 *